Jutta Ebersberg

Traumpralinen

Ein badischer Krimi

Edition Life Consult

FSC
www.fsc.org
MIX
Papier aus verantwortungsvollen Quellen
Paper from responsible sources
FSC® C105338

Bibliographische Information der Deutschen Nationalbibliothek
Die Deutsche Nationalbibliothek verzeichnet diese Publikation in der Deutschen Nationalbibliographie; detaillierte bibliographische Daten sind im Internet über http://dnb.d-nb.de abrufbar.

Die Autorin:
Jutta Ebersberg, geboren 1955 in Rastatt, aufgewachsen in Bühl, lebt seit 1979 in Karlsruhe und arbeitet als Pflegedienstleitung in einem Krankenhaus.
Mehr unter www.juttaebersberg.de

Umschlaggestaltung/Foto: Jutta Ebersberg, Hans-Arved Willberg

ISBN: 978-3-7322-5556-6

Redaktion und Produktion: Hans-Arved Willberg
Life Consult SPS KG, 76275 Ettlingen
E-Mail: info@life-consult.org; Website: www.life-consult.org

Herstellung und Verlag: BoD - Books on Demand, Norderstedt

Jutta Ebersberg

Traumpralinen

Ein badischer Krimi

Ähnlichkeiten mit lebenden oder verstorbenen Personen sind nicht beabsichtigt. Die Möbelfabrik existiert nur in der Phantasie.

Dienstag

Nicole Hochstätt-Karcher überraschte ihre Kollegin Simone Zieger gleich am Morgen damit, dass sie heute etwas unternehmen werde. Der Wetterbericht hatte einen letzten goldenen Oktobertag versprochen, bevor morgen eine Kaltfront mit vereinzelten Regenschauern aufziehen werde.

„An einem solchen Tag versauere ich nicht am Schreibtisch, das steht schon mal fest!"

Simone, die mit ihr das Büro teilte, warf einen Blick in den Terminkalender und das Auftragsbuch und hob die Augenbrauen. Sie unterdrückte eine Bemerkung, denn auf die zu erwartende schnippische Antwort konnte sie verzichten.

Kurz nach dem Mittagessen holte sich Nicole aus der Kaffeemaschine ihren üblichen doppelten Espresso, setzte sich mit übereinander geschlagenen Beinen an ihren Schreibtisch und fuhr ihren PC herunter. Nacheinander ließ sie drei Pralinen, die auf einer silbernen Dessertschale lagen, auf der Zunge zergehen und trank den Espresso dazu. Danach stellte sie ihre Handtasche auf einem Stuhl bereit, nahm den leichten Mantel aus dem Schrank, legte ihn über den Arm und verließ mit einem kurzen Gruß in Richtung Simone das Büro. Mit beschwingten Schritten ging sie zum Parkplatz, stieg in ihren dunkelgrünen Sportwagen, setzte die Sonnenbrille auf, schlang ein Seidentuch um den Kopf und ließ das Verdeck herunter. Sie wollte diesen Tag noch einmal richtig genießen. Ihr Ziel war das Thermalbad in Bad Herrenalb mit seinem großzügigen Spa-Bereich.

Schon nach wenigen Minuten Fahrt bemerkte sie eine Schwere in ihren Gliedern, für die sie keine Erklärung fand. Sie hatte Ettlingen hinter sich gelassen, einen kurzen Blick auf die Buhlsche Mühle geworfen und befand sich nun auf einer Strecke, die ihr mit der Geschwindigkeitsbeschränkung eine Disziplin abverlangte, der sie nur selten gewachsen war.

Nicole stellte fest, dass sie leicht von der Fahrbahn abkam und wollte dagegen steuern, aber ihre Hände gehorchten ihr nicht. Auch der Fuß, der auf dem Gaspedal stand, weigerte sich, auf die Bremse zu wechseln.

Was war mit ihr los, und warum war sie so unendlich müde? Sie versuchte, ruhig durchzuatmen und einen klaren Gedanken zu fassen, doch plötzlich riss alles ab.

Nach einem kurzen Black-out fühlte sie sich auf einmal leicht und frei. Sie sah den Baum auf der linken Straßenseite: seine Blätter leuchteten in allen erdenklichen Farben! Schon als Kind hatte sie Bäume geliebt und gerne mit Holzspielsachen gespielt. Auf der gleichen Seite kam eine glänzende schwarze Kugel auf sie zu, in der sogar eine Person saß. Und was war das für eine Musik, die sie hörte? Es kam ihr wie ein großes Hupkonzert vor und auch sie wollte einstimmen, aber ihre Hand versagte den Dienst. Der leuchtende Baum kam näher, welches Farbenspiel: diese bunten Blätter vor dem tiefblauen Himmel!

Der Fahrer des entgegenkommenden Wagens spürte seinen flatternden Herzschlag und einen dicken Kloß in der Kehle: er sah, wie sich dieser Sportwagen unerbittlich näherte. Ein rascher Blick in den Rückspiegel zeigte, dass dicht hinter ihm das nächste Auto folgte. Seine Hände waren schweißnass, als er fieberhaft überlegte, was er tun solle: Frontalzusammenstoß? Vollbremsung mit Auffahrunfall von hinten? Spurwechsel und Zusammenprall mit den entgegenkommenden Fahrzeugen oder links durch die Leitplanken die Böschung hinunter? Die Zunge klebte ihm am Gaumen, als er seinen Wagen in die Mitte der Fahrbahn zog, die Hände fest verkrampft um das Lenkrad.

Nicole fragte sich, was wohl passieren würde, wenn sie weiter auf diesen bunten Baum zusteuerte. Das Überfahren des Bordsteines war wie ein extremes Hüpfen, und entgegen ihrem Empfinden ging alles blitzschnell: nach einem ohrenbetäubenden Krach war sie in weiche Airbags eingebettet.

Der entgegenkommende Fahrer konnte eine Kollision mit ihr und auch dem Folgeauto nicht vermeiden. Ein lauter Stoß machte ihm klar, dass weitere Wagen aufgefahren waren. Auch seine Airbags hatten umgehend reagiert, mit einem Unterschied: er war noch am Leben.

****

Als Ute Becker zu Hause eintraf, herrschte rege Geschäftigkeit im Garten: Herr Eberhard war mit einem Rechen dabei, die vielen Blätter des alten Walnussbaumes auf einem Haufen zu sammeln. Leonie stopfte sie mit beiden Händen in einen Laubsack, der fast so groß war wie sie selbst. Ihr jüngerer Bruder Torben sammelte herumliegende Nüsse in einen groben Stoffbeutel.

Herr Eberhard hielt inne, als er Ute bemerkte. „Frau Becker, darf man das als gutes Zeichen im Blick auf die Kriminalität in Karlsruhe verstehen, dass Sie schon so früh nach Hause kommen?“

Ute lächelte. „Ich habe mit meinem Kollegen vereinbart, dass ich an diesem herrlichen Tag ein paar Überstunden abbaue. Im Moment gibt es nichts ganz Dringendes zu tun, und er hat kein Problem damit, im Büro zu bleiben, da er unter seinem Heuschnupfen leidet. Er freut sich auf den angekündigten Wetterumschwung – vielleicht machen wir dann einen Tausch und ich arbeite, während er durch den Regen wandert und es genießt, eine freie Nase zu haben.“

„Ich habe mich auch entschlossen, das Wetter zu nutzen, um dem Laub zu Leibe zu rücken, bevor es nass und glitschig am Boden klebt. Es ist unglaublich, was so ein Baum abwirft, aber wir dürfen nicht klagen, im Sommer sind wir für den Schatten dankbar, und einen gewissen Schnakenschutz stellt ein Nussbaum ja auch dar."

Ute wandte sich an die Kinder. „Na, Torben, wie sieht es mit Nüssen aus?"

Er kam aufgeregt auf sie zugerannt und hielt ihr stolz den Beutel hin. „Willst du welche? Mit den anderen will Mama einen Kuchen backen."

„Ich glaube, dann würde ich lieber ein Stück Kuchen nehmen, wenn das auch geht."

Leonie mischte sich ein: „Klar geht das. Wir müssen nur zuerst die ganzen Nüsse knacken, es sind auch taube dabei." Sie wischte sich mit ihrer schmutzigen Hand eine Haarsträhne aus dem Gesicht und hinterließ eine entsprechende Spur.

Herr Eberhard rief: „Kinder, jetzt lassen wir die Frau Kommissarin erst mal in ihre Wohnung, sonst hat sie ja gar nichts von ihrem freien Nachmittag. Und wir machen hier weiter, dass das mit dem Kuchen etwas werden kann." Er nickte Ute zu und nahm seinen Rechen, auf den er sich aufgestützt hatte, wieder zur Hand.

Mit einem Winken ging Ute zur Haustür, schaute noch kurz in ihren Briefkasten, der außer einem Schreiben ihrer Bank nichts zu bieten hatte und ging die Treppe hoch zu ihrer Wohnung. Nachdem sie ihren Rucksack abgestellt hatte, zog sie sich etwas Bequemes an und öffnete dann alle Fenster und die Balkontür. Sie schaute einen Augenblick hinunter und beobachtete das eifrige Treiben im Garten. Herr Eberhard verstand es sehr gut, die Kinder der Familie Walther aus dem Erdgeschoss in seine Arbeit einzubinden. Er hatte sich damals gleich nach seinem Einzug für den Garten verantwortlich gezeigt. Nach seinen langen Berufsjahren als Pfarrer hatte er die körperliche Arbeit und die Betätigung im Freien als Ausgleich empfunden.

Mit einem Buch und einem Glas Johannisbeerschorle machte es sich Ute auf dem Balkon gemütlich, später wollte sie dann noch eine Runde mit dem Fahrrad drehen. Ganz versunken in ihre Lektüre schrak sie auf, als das Telefon plötzlich läutete. Beim Blick auf das Display stutzte sie und meldete sich.

Die vertraute Stimme ihres Kollegen Alex Weingärtner riss sie aus ihrer Balkonidylle. „Dir ist es doch bestimmt schon langweilig ohne Ermittlungen. Ich hätte da etwas im Angebot: es kam gerade ein Anruf rein, dass es einen schweren Autounfall auf der Straße ins Albtal gegeben hat. Es könnte ein Suizid dahinterstecken. Ist es dir recht, wenn ich dich abhole? Rüppurr liegt auf dem Weg."

„Es wäre ja auch zu schön, um wahr zu sein, wenn ich einfach mal friedlich hier sitzen und einen Nachmittag genießen könnte! Ja, es ist mir sehr recht, wenn du mich abholst." Ihre Stimme hatte etwas Gereiztes.

„Tröstet dich der Gedanke, dass ich auch nicht scharf darauf bin, schon wieder im Freien arbeiten zu müssen?" lenkte er ein. „Du glaubst nicht, was da noch alles an Pollen herumfliegt bei so einem Wetter."

„Überredet! Mach dich auf den Weg, bis gleich." Sie legte auf, zog sich wieder um und las dann noch so lange, bis sie unten ein Auto vorfahren hörte.

Unterwegs berichtete Alex, dass man die Straße komplett habe sperren müssen und dass es eine Tote und einige Verletzte gegeben habe. Der Wattkopftunnel diente als Zu- und Abfahrt für die Polizei und Rettungskräfte. Als sie am Unfallort eintrafen, bot sich ihnen ein schreckliches Bild:

das Vorderteil eines grünen Sportwagens klebte zusammengefaltet wie eine Ziehharmonika an einem Baum auf der linken Straßenseite. In der Mitte der Fahrbahn stand ein schwarzer Opel quer, der mit dem Sportwagen kollidiert sein musste und dem VW auf der rechten Spur nicht hatte ausweichen können. Auf diesen waren zwei weitere Wagen von hinten aufgefahren. Vier Streifen- und zwei Rettungswagen, sowie drei Fahrzeuge der Freiwilligen Feuerwehr Ettlingen rundeten das Bild ab. In beide Richtungen hatte sich bereits ein Stau gebildet. Überall waren Einsatzkräfte mit ihren unterschiedlichen Aufgaben tätig: die einen beschäftigten sich mit letzten Sicherungsmaßnahmen, andere mit der Unfallaufnahme, wieder andere kümmerten sich um Verletzte.

Ute und Alex gingen auf einen Kollegen zu, um sich einen kurzen Bericht geben zu lassen. Sie erfuhren, dass die Fahrerin des Sportwagens bereits tot war, als der Notarzt eintraf. „Der Fahrer des Opels ist schon ins Krankenhaus gebracht worden. Er hatte mehrere Verletzungen und steht unter Schock. Er sagte immer wieder: ‚direkt auf den Baum zu, direkt auf den Baum zu.‘ Er war kaum zu beruhigen. Das hat die Frage nach einem Suizid aufgeworfen, denn warum sollte jemand auf einer solchen Strecke derart von der Fahrbahn abkommen?“

„Weiß man, um wen es sich handelt?“

Der Beamte schaute auf seinen Block. „Eine Nicole Hochstätt-Karcher, wohnt in Rüppurr im Märchenviertel.“ Er nannte die genaue Adresse, die Ute, zusammen mit der Telefonnummer, in ihr schwarzes Notizbuch schrieb, das sie aus dem Rucksack geholt hatte.

„Sie hatte noch ein Kärtchen der Firma ‚Exquisitmöbel‘ in Ettlingen bei ihren Papieren. Die Firma läuft auf den Namen Hochstätt.“

Auch diese Adresse notierte die Kommissarin in ihr Buch.

„War der Staatsanwalt schon da, um die Bergung der Leiche freizugeben?“

„Er selbst konnte nicht kommen, weil er bei einem wichtigen Auswärtstermin ist, aber der zuständige Bereitschaftsdienstrichter war hier. Danach hat die Feuerwehr die Leiche geborgen. Der Vorderwagen ist massiv deformiert, so dass die Türen nicht zu öffnen waren, die Frau musste herausgeschnitten werden.“

Ute schaute von ihrem Notizbuch auf. „Könnten die Bremsen manipuliert worden sein? Sie hatten sich ja gefragt, warum jemand derart von der Fahrbahn abkommt. Man könnte aber auch fragen, warum jemand ungebremst auf einen Baum zufährt – da muss nicht unbedingt eine Suizidabsicht dahinterstehen.“

„Möglich ist es, das wird die Spurensicherung herausfinden.“

„Wo ist die Tote jetzt?“

„In dem Wagen da vorne. Wir wollten warten, bis Sie hier sind, bevor sie in die Pathologie gebracht wird.“

„Wurden bereits Angehörige informiert?“

Mit einer Handbewegung in Richtung Unfallstelle antwortete der Beamte: „Im Moment haben wir noch alle Hände voll zu tun, um hier Klarheit zu schaffen und den Verkehr baldmöglichst wieder zum Laufen zu bringen. Am besten übernehmen Sie das!“

Ute wechselte einen Blick mit Alex – das würde keine leichte Aufgabe werden.

„Und der Mann, von dem Sie sprachen, wissen Sie, in welches Krankenhaus er gebracht wurde?“

„Ins Diakonissenkrankenhaus, aber der wird so schnell keine vernünftige Aussage machen können.“

„Haben Sie seinen Namen?"

„Natürlich haben wir seinen Namen! Meinen Sie, wir wären zum ersten Mal in unserem Leben an einer Unfallstelle? Er heißt Friedrich, Georg Friedrich, und jetzt lassen Sie mich weiter meine Arbeit machen."

Alex wollte etwas sagen, aber Ute hielt ihn mit einer unauffälligen Geste davon ab. Sie spürte, dass der Mann unter dem Stress der Situation litt und sie gerade als Ventil benutzt hatte. Mit einem freundlichen Nicken verabschiedete sie sich und ging mit Alex zu dem Leichenwagen, in dem die Tote lag. Der Fahrer öffnete die Heckklappe und den Sarg, so dass sich die beiden Kommissare ein Bild machen konnten. Ute schätzte die Verstorbene auf Anfang oder Mitte vierzig. Abgesehen von den Unfallfolgen war sie eine sehr gepflegte, schlanke Frau mit einem vermutlich sündhaft teuren grauen Etuikleid, den Resten einer langen, doppelten Perlenkette und schwarzen Stiefeln, die bis an die Knie reichten, die Frakturen der Beine aber nicht völlig verbergen konnten.

„Danke, Sie können losfahren. Wir bekommen ja dann einen Bericht von Dr. Blauthaler."

Mit Alex zusammen ging sie zurück zum Wagen. Bevor sie einstiegen, ließen sie ihren Blick nochmal über das chaotische Bild schweifen, das sich ihnen bot.

„Wohin fahren wir als nächstes?"

Ute schaute auf ihre Armbanduhr. „Kurz nach vier. Da sind die in der Möbelfirma mit Sicherheit noch bei der Arbeit. Es scheint ja fast so, als ob sie die Tochter des Firmeninhabers ist. Ich denke, wir fahren zunächst mal dorthin, danach können wir es immer noch bei ihr zu Hause versuchen. Wenn sie einen Doppelnamen hat, ist sie vermutlich verheiratet und hat womöglich Kinder. Die müssen wir nicht unbedingt als erste mit der Botschaft konfrontieren."

Sie tippte in ihrem Handy die Nummer des Kriseninterventionsdienstes ein, schilderte in knappen Sätzen die Situation und gab die Adresse der Firma bekannt.

****

Nach einem flüchtigen Anklopfen betrat Ingo Karcher das Büro und schaute sich um. Seine Stirn zeigte leichte Falten. „Ist sie schon weg?"

„Kurz nach dem Mittagessen. Bei diesem Wetter wollte sie nicht im Büro versauern."

„Und was ist mit dem Auftrag von Dr. Böckelmann? Er will doch heute Nachmittag gegen siebzehn Uhr vorbeikommen."

Simones Lippen umspielte ein Lächeln. „Ich habe den Entwurf noch etwas überarbeitet und denke, dass wir damit seine Erwartungen treffen." Sie deutete auf eine Mappe, die auf ihrem Schreibtisch bereitlag.

Rasch ging er auf den Tisch zu, öffnete sie und blätterte darin. Schließlich hielt er den obersten Entwurf in der Hand und betrachtete ihn intensiv. Er atmete erleichtert auf, die Spannung in seinen Schultern löste sich. Ingo nahm nun auch den leichten Duft von Simones Parfum wahr, das sich so angenehm von den Düften unterschied, die Nicole hin und wieder auftrug. Er schwieg einen Augenblick und schaute dann auf: sie sah nicht nur gut aus mit ihrem frechen schwarzen Kurzhaarschnitt, den dunklen Augen mit den langen Wimpern und den vollendet geschwungenen Lippen, sie war auch eine herausragende Designerin. „Habe ich Ihnen schon einmal gesagt, dass Sie von unschätzbarem Wert sind, Frau Zieger?"

„Ja, Herr Karcher, diesen Satz habe ich bereits mehrfach von Ihnen gehört."

Auch ihre Stimme hatte einen warmen, dunklen Klang.

****

Die Firma Exquisitmöbel, die etwas außerhalb von Ettlingen lag, war leicht zu finden. Alex steuerte den Wagen auf den weitläufigen Parkplatz, der nach der Einfahrt einen Kundenbereich aufwies und im hinteren Teil einige Plätze für Lieferwagen hatte. Sie sahen zwei weiße Wagen mit dem Firmenlogo: das Wort ‚Exquisitmöbel' in hellgrauer Schrift, das E am Anfang und das Ö als schwarze Buchstaben.

Ein junger Mann mit einem Laubbläser, der das ankommende Auto wegen seiner Ohrschützer nicht gehört hatte, ließ das Laub übermütig aufwirbeln. Als er die beiden Kommissare wahrnahm, grinste er, zuckte entschuldigend mit den Schultern und ging seiner Arbeit wieder nach.

Ute und Alex gingen auf den Firmeneingang zu, über dem ihnen auch das E und das Ö entgegen leuchteten. „So eine Botschaft zu überbringen, fällt mir immer wieder furchtbar schwer. Ich glaube, daran kann man sich sein ganzes Leben nicht gewöhnen, da hilft auch keine Routine."

Alex stimmte ihr zu.

Sie betraten eine großzügige Eingangshalle, die durch ihre schlichte Eleganz bestach. Auf der linken Seite standen drei graue Sessel um einen zierlichen runden Tisch, dahinter hing an der Wand ein gewaltiges abstraktes Gemälde in unterschiedlichen Blautönen, das eine erstaunlich beruhigende Ausstrahlung hatte. Auf der rechten Seite des Raumes trat eine Frau Anfang dreißig aus einem teilverglasten Büro. Von ihrer ganzen Erscheinung passte sie exakt in diesen Rahmen. Sie ging an die Theke, die wie eine blaugraue Welle wirkte und empfing die beiden Besucher mit einem freundlichen Lächeln. „Guten Tag, herzlich willkommen bei Exquisitmöbel! Mein Name ist Sylvia Scholl. Was kann ich für Sie tun?“ Das Namensschild zeigte den Namen Scholl, das S schwarz hervorgehoben.

Ute erwiderte das Lächeln, wurde dann aber ernst, als sie ihre Karte zeigte. „Guten Tag, mein Name ist Becker, das ist mein Kollege Weingärtner, wir sind von der Kriminalpolizei und kommen wegen Frau Hochstätt-Karcher. Gibt es Angehörige von ihr im Haus?“

Das professionelle Lächeln auf dem Gesicht von Frau Scholl wich einem erschreckten Ausdruck. „Ihr Ehemann und ihr Vater sind hier. Ist ihr etwas passiert?“

Ute überging die Frage mit den Worten: „Dann würden wir gerne am besten mit beiden sprechen, wenn das möglich ist.“

Frau Scholl nickte und verschwand in dem Glasbüro, tippte eine Kurzwahl in ihr Telefon, wartete einen Augenblick und sprach dann mit dem Teilnehmer am anderen Ende. Erneut musste sie warten, nickte dann, erwiderte etwas und legte auf. Sie kam wieder nach vorne und zeigte mit einer angedeuteten Geste zum Ende des Raumes. „Nehmen Sie bitte den Aufzug und fahren ins zweite Obergeschoss, dort wird Sie Herr Karcher erwarten.“

„Vielen Dank, Frau Scholl.“ Die beiden Kommissare gingen durch die Halle, betraten den gläsernen Aufzug, drückten die entsprechende Taste und fuhren lautlos nach oben.

„Nobel hier“, sagte Alex, „die tragen ihren Namen nicht umsonst!“

Ute war dankbar, dass sie sich noch einmal umgezogen hatte und streifte mit ihrem Blick unauffällig den Kollegen, der wie üblich eines seiner T-Shirts in Übergröße trug, um seine Körperfülle etwas zu kaschieren. Er bot nicht unbedingt das klassische Bild eines Kriminalbeamten, aber da kam ihm die Ausstrahlung der Tatort-Krimis entgegen, die das Bild dieser Beamten deutlich gelockert hatten.

Der Aufzug war oben angekommen, die Tür öffnete sich lautlos, und sie standen einem großen, schlanken Mann gegenüber, der sie mit besorgter Miene empfing. Mit seiner Garderobe unterschied er sich drastisch von Alex: er trug eine graue Hose, helles Hemd mit roter Krawatte, darüber einen dunkelblauen Blazer. Sein braungebranntes Gesicht und die dunklen Locken sorgten dafür, dass er dennoch nicht steif wirkte.

Sie stellten sich gegenseitig vor, und Herr Karcher bat die beiden Kommissare, ihm zu dem Besprechungsraum zu folgen, in dem sein Schwiegervater auf sie warte. Auf dem kurzen Weg dorthin staunte Ute, mit welch einer Vielfalt von Grau- und Weißtönen hier architektonisch gespielt wurde. So war sie auch nicht überrascht, in dem Raum, den sie betraten, graue Sitzmöbel zu sehen. Wie in der Eingangshalle der Blauton vorherrschte, sorgten hier Rottöne für eine warme Atmosphäre.

Aus einem der Sessel erhob sich ein älterer Herr. Er mochte Ende sechzig sein, wirkte aber sehr dynamisch und durchtrainiert. Zu seinem dunkelgrauen Maßanzug trug er ein weißes Hemd und eine bordeauxrote Krawatte. Sein noch volles silbergraues Haar war nach hinten gekämmt, das markante Gesicht wurde durch eine schwarz umrandete Brille unterstrichen.

„Hochstätt. Wie ich hörte, kommen Sie von der Kriminalpolizei wegen meiner Tochter. Nehmen Sie doch bitte Platz. Dürfen wir Ihnen etwas anbieten: Kaffee, Tee, Wasser?“

Ute war überrascht, dass sich ein Vater in einer solchen Situation an höfliche Normen hielt und lehnte dankend ab, ebenso auch Alex. Nach einem Augenblick angespannten Schweigens ergriff Ute das Wort und richtete sich dabei an Herrn Hochstätt. „Ja, wir kommen wegen Ihrer Tochter. Sie hatte einen schweren Unfall." Sie machte eine kleine Pause, bevor sie die schreckliche Botschaft übermittelte. „Leider konnte man ihr nicht mehr helfen." Etwas leiser fuhr sie fort: „Es tut mir sehr leid, dass wir Ihnen diese Nachricht überbringen müssen. Ich möchte Ihnen unser herzliches Beileid aussprechen."

Beide Männer schauten sie fassungslos an, als ob sie nicht glauben konnten, was sie gerade gehört hatten.

„Aber sie saß doch vorhin noch in ihrem Büro, das kann gar nicht sein. Da liegt bestimmt eine Verwechslung vor", sagte Herr Hochstätt mit belegter Stimme. „Ingo, willst du nicht nachschauen, ob sie an ihrem Schreibtisch sitzt?"

Der Angesprochene zuckte zusammen, er hatte immer noch starr auf die Kommissarin geblickt und erwiderte: „Nein, ich war vorhin dort, sie hat kurz nach dem Mittagessen das Büro verlassen." An Ute richtete er die Frage, was denn passiert sei.

„Sie war auf dem Weg ins Albtal und ist mit ihrem Wagen von der Fahrbahn abgekommen. Ihr Fahrstil wirft einige Fragen auf." Sie wechselte einen Blick mit Alex, der dankbar war, dass sie diese heikle Aufgabe übernahm.

„Entschuldigen Sie bitte, wenn ich so direkt frage: könnte Ihre Frau Selbstmordgedanken gehabt haben?"

Seine Überraschung wirkte echt. „Nicole Selbstmordgedanken? Nein, niemals! Sie genoss das Leben in vollen Zügen. Sie sprühte förmlich vor Lebenslust."

Ute hatte intuitiv den Eindruck, dass er nicht vom Glück in der eigenen Familie sprach und fragte sich, ob er wohl unter dieser Lebenslust gelitten habe.

Herr Hochstätt lockerte seine Krawatte etwas, sein Gesicht hatte deutlich an Farbe verloren.

„Könnten Alkohol oder Drogen im Spiel gewesen sein?"

Ingo zögerte einen Augenblick, bevor er antwortete: „Sie trinkt hin und wieder gerne ein Glas Wein oder auch etwas Gehaltvolleres, aber nicht um diese Uhrzeit. Und wenn Sie sagen, dass sie auf dem Weg ins Albtal war, wollte sie bestimmt nach Herrenalb in die Therme zum Relaxen. Da würde sie eher dort ein Glas Champagner nehmen zwischen zwei Saunagängen."

Bei dem letzten Satz meinte Ute einen abschätzigen Unterton herauszuhören. In dem Moment klopfte es kurz und die Tür öffnete sich. Eine schwarzhaarige Schönheit schaute herein.

„Entschuldigung, aber Herr Dr. Böckelmann…"

Ingo unterbrach sie mit den Worten: „Übernehmen Sie das bitte, Frau Zieger, ich kann hier nicht weg, und Sie haben sich mit seinen Wünschen ja ausführlich befasst."

Eine leichte Röte stieg in ihre Wangen, sie nickte und schloss die Tür nahezu lautlos.

Ute nahm den Faden wieder auf: „So wie es aussieht, können wir im Moment nichts anderes tun, als die Obduktion abzuwarten. Kann einer von Ihnen beiden zur Identifizierung in die Pathologie kommen?"

Der ältere Herr griff sich ans Herz und hustete. Mit zitternder Hand zog er eine kleine Spraydose aus seiner Jackentasche und sprühte sich zwei Hub eines Medikamentes in den Mund. Ingo ging zu ihm und legte ihm die Hand auf die Schulter. „Lothar, alles in Ordnung?"

Herr Hochstätt hatte sich zurückgelehnt, die Augen geschlossen und nickte: „Es geht schon wieder. Das ist alles ein bisschen viel. Würdest du das machen mit der Identifikation? Heißt das, dass Sie doch nicht sicher sind, ob es wirklich meine Tochter ist?“ Mit einem Hoffnungsschimmer schaute er Ute an.

Leise antwortete sie: „Das heißt es leider nicht. Es ist eine nötige Formalität, aber es besteht keinerlei Zweifel an der Identität Ihrer Tochter.“

Ingo hatte ein Glas mit Wasser gefüllt und seinem Schwiegervater gereicht. Er erkundigte sich, wann und wo er wegen der Identifizierung erscheinen solle. Alex erklärte es ihm, danach standen die beiden Kommissare auf, um sich zu verabschieden.

„Hatte sie Schmerzen?“

„Das wissen wir nicht, aber wir hoffen, dass sie nicht gelitten hat.“ Sie schüttelten den beiden die Hand. „Sobald wir klarer sehen, werden wir uns wieder bei Ihnen melden und das weitere Vorgehen besprechen. Wir haben den Kriseninterventionsdienst benachrichtigt. Es müsste gleich jemand vorbeikommen, der Ihnen in dieser Situation etwas beistehen kann.“

Herr Hochstätt nickte abwesend, als ob er den Sinn der Worte nicht verstanden hätte. Ute nahm ihren Rucksack, Ingo begleitete sie zum Aufzug und schaute ihnen nach, als sie nach unten fuhren.

Im Vorbeigehen nahm Ute an der Empfangstheke einen Firmenprospekt mit und nickte Frau Scholl zu, die gerade aus ihrem Glasbüro trat.

Draußen schien noch immer warm die Oktobersonne und die Vögel zwitscherten, als ob nichts die Idylle trüben könne.

„Du brauchst mich nicht mitnehmen. Ich gehe in den Horbachpark, wo wir schon mal hier sind. Im Moment können wir ohnehin nicht viel machen, und ich brauche etwas Abstand. Ich nutze das Wetter zu einem Spaziergang, bevor es umschlägt und fahre dann später mit der Straßenbahn nach Hause."

„Meinst du, es war einfach nur ein Unfall? Vielleicht hatte sie ja auch eine Krankheit, von der die beiden nichts gesagt haben oder nichts wussten und sie ist deshalb von der Fahrbahn abgekommen."

„Könnte sein – wir werden auf jeden Fall ihren Hausarzt befragen, falls Dr. Blauthaler keine schlüssige Diagnose liefert."

Alex stieg ins Auto, wünschte ihr trotz allem einen schönen Nachmittag und fuhr los.

Kaum hatte Ute den Park erreicht, wurde sie durch lautes Durcheinanderrufen von Kindern aus ihren Gedanken gerissen. Nach einem Blumenspalier kam sie an zwei Spielplätzen vorbei: der eine war mit Reckstangen und ähnlichen Geräten bestückt, im Hintergrund luden blaue Stahlsitze zum Verweilen ein. Gleich daneben bauten Kinder auf einem Sandplatz Burgen, schöpften Wasser im vorbeifließenden Wasserlauf, in dem auch ein Hängefloß angekettet war, andere vergnügten sich auf Wippen und Schaukeln. Ute fragte sich, ob die Verstorbene wohl auch Kinder in diesem Alter hatte.

Sie spazierte weiter zum Horbachsee und musste feststellen, dass nahezu alle Bänke besetzt waren. Offenbar wollten viele Leute noch einmal das schöne Wetter nutzen. Junge Frauen schoben plaudernd ihre Kinderwagen am Ufer entlang, ältere Herrschaften stützten sich auf ihren Rollator. Die blau gekachelten Stelen erinnerten Ute jedes Mal, wenn sie hier war, an ein Schwimmbad, dennoch gefiel ihr die Gestaltung mit den Wasserspielen und der Bepflanzung. Zu ihrer eigenen Überraschung fand sich eine freie Bank. Sie setzte sich und beobachtete zwei träge Schwäne im Wasser und eine unzählbare Schar Enten. Einige von ihnen sonnten sich auf einer Steinwelle mitten im See und trockneten ihr Gefieder. Rings um Ute war ein Jauchzen, Plätschern und Quaken, das pralle Leben – Momente, die sie als Ausgleich zu ihrem Beruf immer wieder bewusst suchte. Nach einer halben Stunde machte sie sich auf, lief am See entlang zurück und verließ den Park durch einen blauen Säulengang in die Assamstraße. Über die Schlossgartenstraße kam sie schließlich zur Straßenbahnhaltestelle und musste nicht lange warten, bis eine S11 erschien, die sie nach Rüppurr brachte.

Zu Hause las sie den Firmenprospekt, der mit dem Hinweis begann, dass Möbel dauerhafte Werte darstellen, die zu jeder Zeit eine überlegenswerte Anlagenalternative sind. Wichtig für die Firma seien natürliche Materialien, abgestimmte Konzepte, und selbst ausgefallene Ideen werden gerne aufgegriffen und zu einem stilistisch stimmigen Bild zusammengefügt. Ein paar Bilder unterstrichen den Text in anschaulicher Weise. Ute schaute sich in ihrem Wohnzimmer um, das ihr vergleichsweise gewöhnlich vorkam, in dem sie sich aber seit Jahren sehr wohl fühlte. Sie steckte den Prospekt zurück in ihren Rucksack, um ihn am nächsten Tag mit ins Büro zu nehmen.

****

Ingo betrat den Raum mit schleppendem Schritt, setzte sich und stützte den Kopf in die Hände. Sein Schwiegervater saß matt und zusammengesunken auf seinem Stuhl und schaute mit leerem Blick auf.

„Ich weiß gar nicht, wie ich das den Kindern beibringen soll“, eröffnete Ingo das Gespräch mit trockenem Mund.

„Und was bedeutet das für die Firma? Was müssen wir alles bedenken?“ Herr Hochstätt überlegte einen Augenblick. „Wie sagen wir es unseren Mitarbeitern, und was meinte diese Kommissarin überhaupt mit dem Hinweis, dass der Fahrstil Fragen aufwerfe? Nicole war doch eine hervorragende Fahrerin, vielleicht manchmal ein bisschen schnell, aber absolut sicher."

„Ich verstehe das alles auch nicht. Sollen wir die Firma für ein paar Tage schließen? Wir müssen uns ja auch Gedanken über die Beerdigung machen, und sonst wird auch noch alles Mögliche auf uns zukommen."

„Jetzt haben wir gerade von dem Unfall erfahren und du machst dir schon Gedanken über die Beerdigung!" fuhr ihn Herr Hochstätt an. „Du kannst gerne ein paar Tage frei machen, wenn du das brauchst, aber die Firma darf darunter nicht leiden. Wir haben schon so viel Schweres durchgestanden, ohne es nach außen dringen zu lassen, ich werde auf jeden Fall hier sein."

Ingo seufzte. Wenn es um die Firma ging, hatte sein Schwiegervater eine nahezu preußische Einstellung und ließ nicht mit sich reden. Die nächsten Tage würden bestimmt für sie beide eine Gratwanderung werden zwischen dem Bemühen, in allen Bereichen einen geordneten Ablauf zu gewähren und der Begegnung des eigenen Schmerzes.

****

War es ein Zufall, dass gerade in dem Moment, in dem er den Besprechungsraum verließ, Simone Zieger über den Flur lief? Ihre Blicke trafen sich, ihr Gesicht nahm einen besorgten Ausdruck an. „Ist Ihnen nicht gut? Kann ich Ihnen irgendwie behilflich sein, vielleicht einen Kaffee?"

„Ach, Frau Zieger, ein Kaffee wäre nicht schlecht, am liebsten möglichst stark." Er hielt inne: „Wie lief es denn mit Dr. Böckelmann?" Insgeheim dachte er, dass er jetzt schon wie sein Schwiegervater reagierte, oder war es eine willkommene Ablenkung, in einer solchen Situation ans Geschäft zu denken? Gemeinsam gingen sie den Flur entlang und standen nun vor seinem Büro.

Sie zögerte kurz. „Ich hole den Kaffee, dann kann ich Ihnen von unserem Gespräch berichten."

Er sah ihr mit leiser Wehmut nach.

Es dauerte nicht lange, bis sie klopfte und eintrat. Sie stellte eine Tasse duftenden Kaffee vor ihm ab, dazu ein Schälchen mit einigen Schokoladenkeksen und wartete, bis er sie mit einer Geste aufforderte, sich zu setzen.

„Grundsätzlich war er sehr zufrieden mit unserem Vorschlag. Er bat darum … wie soll ich es sagen? Nun, er meinte, es wäre schön, wenn *ich* ihn weiter betreuen könne statt Ihrer Frau, da ihn meine Überarbeitung besonders angesprochen hat. Wir haben noch an ein paar Details gefeilt, aber wenn ich die eingearbeitet habe, kann der Entwurf in die Produktion."

Ihr stolzes Lächeln erstarb, als sie seine Antwort hörte: „Ja, übernehmen Sie die Betreuung, meine Frau lebt nicht mehr, sie hatte einen schweren Unfall."

Es war wie ein Reflex, dass sie ihre Hand auf die seine legte, um ihn zu trösten. Als es ihr bewusst wurde, wollte sie die Hand zurückziehen, aber er hielt sie fest, als ob er sie nie wieder loslassen wolle. Sein Blick hatte etwas Gebrochenes und zugleich Flehendes.

****

Nachdem sich die Garage automatisch geöffnet hatte, fuhr er hinein und stellte den Motor ab. Er umklammerte das Lenkrad und blieb einfach sitzen. Wie sollte er es ihnen sagen? Wie würden sie reagieren?

Das Geräusch der sich schließenden Garagentür riss ihn aus seiner Lethargie. Er gab sich einen Ruck, nahm sein Tasche vom Beifahrersitz und stieg aus. Direkt neben der Garage war die Waschküche, in der meist ein seifig-frischer Duft hing. Sie führte zum Flur mit dem Vorratsraum und der Treppe ins Erdgeschoss. Oben angekommen lauschte er, ob etwas von den Kindern zu hören sei und warf einen Blick ins Esszimmer. Frau Hauser, die Haushälterin, hatte den Tisch für das Abendessen bereits gedeckt - ein Platz zu viel. Am liebsten hätte er auch sofort die Messerbänkchen weggeräumt, die ihn von Anfang ihrer Beziehung an gestört hatten. Damit hatte Nicole ihm auf ganz subtile Weise deutlich gemacht, dass er aus einer anderen Gesellschaftsschicht stammt und dass sie es gewohnt ist, das Messer nicht einfach auf der Tischdecke abzulegen. Ihm war klar, dass das nicht der geeignete Moment war, mit einer solchen Gewohnheit zu brechen. Er trat zurück in den Flur und rief laut die Namen der Kinder: „Philipp, Saskia!"

Fast lautlos kam kurz darauf die schmale, vierzehnjährige Tochter die Treppe herunter. Sie sah zerbrechlich aus und hatte einen etwas hölzernen Gang. Mit einer Hand hielt sie sich am Treppengeländer fest.

War sie noch dünner geworden? Nicole war schon bei zwei Therapeuten mit ihr gewesen, die beide zu einem Klinikaufenthalt rieten, bei Saskia aber auf taube Ohren stießen.

Als auch auf sein zweites Rufen nach Philipp nichts weiter geschah, ging er nach oben, klopfte an dessen Zimmertür, wartete einen Augenblick, klopfte erneut und öffnete dann. Sein Sohn lag mit geschlossenen Augen auf dem Bett. Aus dem Kopfhörer hörte man selbst an der Tür noch dumpfe, rhythmische Klänge. Auf dem Fußboden lagen ein paar achtlos hingeworfene Kleidungsstücke, im Zimmer roch es muffig und nach kalter Zigarettenasche. Ingo ging zum Bett und tippte an den Arm seines Sohnes. Philipp zuckte zusammen und schaute erschrocken auf. Als er seinen Vater erkannte, nahm sein Gesicht einen abschätzigen Eindruck an, und er drehte sich zur Seite.

Entschlossen stellte Ingo den MP3-Player aus und sagte, bevor Philipp reagieren konnte: „Ich muss mit dir und deiner Schwester sprechen und zwar sofort." Damit verließ er den Raum und hoffte, dass sein Auftreten überzeugend genug war.

Philipp gab zwar noch einige knurrende Laute von sich, folgte ihm dann aber ins Esszimmer, wo Saskia bereits auf ihrem Platz saß. Auf dem Schoß hielt sie ihren schlanken Kater mit den grünen Augen, der zufrieden schnurrte. Ihre Hände strichen monoton über sein schwarzes, seidig glänzendes Fell.

„Wo ist Mama? Hat sie wieder mal was anderes vor?"

Ingo schluckte. Sein Sohn machte ihm den Einstieg nicht gerade leicht. „Genau darüber möchte ich mit euch reden: sie hatte einen schweren Unfall."

Saskia hielt in der Bewegung inne und schaute ihn mit großen Augen an: „Ist sie im Krankenhaus?"

Er wandte den Kopf ab und sagte leise: „Sie ist tot."

„Wie, sie ist tot?" Philipps Stimme hatte einen aggressiven Unterton.

„Die genaueren Umstände werden noch von der Polizei geklärt. Glaubt mir, es ist für mich…"

„Ach, gib doch zu, dass du froh bist, dass sie weg ist! Früher oder später wäre sie doch sowieso gegangen. Und wie geht das jetzt hier weiter?"

Ingo verschlug es die Sprache. Mit Mühe unterdrückte er den Wunsch, aufzuspringen und seinem Sohn eine kräftige Ohrfeige zu verpassen. „Wir werden unseren Alltag weiter führen wie bisher, und du kannst deinen Beitrag leisten, indem du dich vielleicht endlich entschließen könntest, etwas für deine Bildung zu tun, damit dir wenigstens im nächsten Anlauf das Abitur gelingt. Du kannst ja nicht ewig hier herumhängen."

„Du willst mich also auch noch loswerden? Bitte, sag ruhig, was dich bewegt, tu dir keinen Zwang an!"

„Philipp, jetzt nimm dich bitte zusammen! Die Situation ist für uns alle schwierig genug, und wir wissen nicht, was noch auf uns zukommt. Da wäre es gut, wenn wir zusammenhalten."

Der Kater sprang erschrocken von Saskias Schoß, als diese plötzlich aufstand und aus dem Zimmer rannte. Ihr Bruder nutzte die Gelegenheit, stieß seinen Stuhl zurück, verließ ebenfalls den Raum und ließ die Tür energisch ins Schloss fallen.

Ingo blieb wie betäubt zurück. Was hatte er erwartet? Dass sie wie eine richtige Familie versuchen, sich gegenseitig zu trösten? Dass sie gemeinsam überlegen, wie sie sich in dieser Lage beistehen und unterstützen können?

Mittwoch

Ute zog ihren Rollladen hoch und schaute hinaus. Tatsächlich, der Wetterbericht hatte recht behalten: statt des strahlend blauen Himmels der vergangenen Tage gab es graue Wolken und leichten Nieselregen. Schon der Anblick vermittelte ein Gefühl von Ungemütlichkeit und raubte ein wenig den Schwung, mit dem sie morgens in den Tag zu starten pflegte.

Während des Frühstücks schaute sie das „Morgenmagazin“, in dem deutlich darauf hingewiesen wurde, dass man an seine Winterreifen denken möge – dafür hatte sie bereits einen Termin mit ihrer Werkstatt vereinbart.

****

Schon als sie das Haus betrat, bemerkte Frau Hauser, dass etwas nicht stimmte: es roch ungewöhnlich stark nach Zigarettenrauch. Sie hängte ihren Anorak in der Garderobe auf und warf einen Blick ins Wohnzimmer: den Esstisch fand sie vor, wie sie ihn gestern Abend gedeckt hatte. Es war keine Rede davon gewesen, dass die Familie, wenn man sie denn noch so nennen konnte, essen gehen wolle. Auf dem Couchtisch am anderen Ende des Raumes quoll ein Aschenbecher fast über, daneben standen ein Weinglas und eine leere Weinflasche. Was war vorgefallen? Sonst musste Herr Karcher doch immer zum Rauchen auf die Terrasse, einzig in Phillipps Zimmer wurde geraucht, weil sich seine Mutter gegen ihn nicht durchsetzen konnte. Frau Hauser öffnete die Terrassentür, um zu lüften und nahm selbst einen tiefen Atemzug der frischen Luft. Sie war seit zwei Jahren hier angestellt. Der „Verschleiß“ an Haushälterinnen war zuvor wohl recht hoch. Man hatte ihr die Stelle auf dem Arbeitsamt vermittelt, nachdem die alte Dame, bei der sie einundzwanzig Jahre gearbeitet hatte, verstorben war. Mit dreiundfünfzig Jahren hatte sie die neue Stelle hier angetreten und dachte oft wehmütig an ihren alten Arbeitsplatz zurück, an dem alles in geordneten Bahnen gelaufen war. Sie selbst war ein ordnungsliebender Mensch, etwas kräftig gebaut, ihre ergrauenden Haare an beiden Seiten mit einer Spange zurückgehalten, auf der Nase eine Brille mit runden Gläsern und einem unauffälligen Gestell.

Ein schwaches „Guten Morgen, Frau Hauser" riss sie aus ihren Gedanken. Dass Herr Karcher das Wohnzimmer betreten hatte, hatte sie gar nicht bemerkt. Sie wandte sich ihm zu und erschrak: er sah aus, als ob er über Nacht um Jahre gealtert sei. Er hatte einen leicht grauen Teint und dunkle Ringe unter den Augen. Zwar war er korrekt gekleidet wie immer, doch es fehlte seine sonst so dynamische Ausstrahlung.

Er stand verloren im Raum und sagte ausdruckslos: „Meine Frau ist bei einem Autounfall ums Leben gekommen. Ich muss zur Pathologie und sie identifizieren."

In der einen Hand den vollen Aschenbecher ging sie unsicher auf ihn zu, reichte ihm die andere Hand und drückte ihr Beileid aus. Dann fügte sie ganz pragmatisch an: „Ich koche jetzt erst mal einen starken Kaffee. So wie Sie aussehen, kann man Sie nicht aus dem Haus lassen." Damit verschwand sie in der Küche und kämpfte mit Arbeitseifer gegen das Gefühl an, das langsam in ihr hochsteigen und sich ausbreiten wollte. Auf einem Tablett stellte sie ein Frühstück zusammen, obwohl sie befürchtete, dass er keinen Bissen hinunter bekommen würde. Sie schenkte ihm eine Tasse Kaffee ein, der einen angenehmen Duft verströmte und ermutigte ihn, sich zu stärken, denn er würde jetzt sehr viel Kraft brauchen.

„Was ist mit den Kindern? Gehen sie zur Schule?"

Er schaute sie hilflos an. „Ich weiß es nicht. Könnten Sie das übernehmen?" Ihre zupackende, praktische Art hatte er schon immer geschätzt.

Sie nickte und nahm das Weinglas und die Flasche mit in die Küche.

****

Im Büro erschrak Ute fast, als mit einem energischen Schwung die Tür aufgerissen wurde und ihr Kollege Alex hereinkam.

„Ist es nicht ein herrlicher Tag? Das Wetter schlägt um, die Pollen werden sich in den nächsten Tagen mehr und mehr zurückziehen, und ich werde bis zum Wochenende ohne die Heuschnupfenmedikamente auskommen. Gabi wird begeistert sein, wenn ich ohne Müdigkeit die Tage mit ihr verbringen kann. Ich dachte mir: ich gebe einen aus!" Mit diesen Worten kramte er in seiner Tasche und legte eine Ingwerwurzel vor Ute auf den Schreibtisch.

Damit hatte sie überhaupt nicht gerechnet – sie musste laut lachen. „Du bringst doch gleich wieder ein bisschen Farbe in den Tag! Vielen Dank, das ist echt nett, und für dich freue ich mich natürlich mit, auch wenn es von mir aus ruhig noch einige schöne Tage hätte geben können." Sie ging mit der Wurzel in das angrenzende Büro ihrer Sekretärin Frau Stiegelmaier und bat sie, bei Gelegenheit ein Ingwerwasser zu kochen.

Diese reichte ihr ein Fax und sagte mit ihrer piepsig hohen Stimme, die Ute mitunter auf die Nerven ging: „Das ist gerade hereingekommen, von Dr. Blauthaler."

Das Fax war kurz gefasst. Dr. Blauthaler, der Pathologe, war kein Mann der vielen Worte. Mündlich war es noch schwieriger: er gab seine Informationen schnörkellos weiter und erwartete, dass sein Gegenüber sie ohne Nachfragen verstand.

Ute las es und reichte es an Alex weiter: „Nachweis von Zolpidem, Trägersubstanz vermutlich Schokolade und Marzipan. In Kombination mit einem Muskelrelaxans muskelrelaxierende Wirkung, evtl. euphorisierend, bzw. Black-out möglich. Zusammen mit Alkohol oder Benzodiazepinen

Verstärkung der sedierenden Wirkung. Hier kein Hinweis auf Alkohol."

Alex hatte bereits seinen PC hochgefahren und tippte „Zolpidem" ein. „Mal sehen, was Wikipedia dazu sagt."

Ungläubig schaute ihn Ute an: „Du wirst doch wohl nicht behaupten wollen, dass die sich auch über Medikamente auslassen?"

Er lächelte ihr zu. „Du kannst dich glücklich schätzen, einen jüngeren Kollegen zu haben, der eine gewisse Offenheit für die digitale Welt mitbringt."

„Jetzt übertreib nicht gleich, ich komme nicht aus der Steinzeit, auch wenn ich bei meinem ersten PC noch auf der DOS-Ebene gearbeitet habe." Ute war fünfzig Jahre alt, ihr Kollege war erst Anfang dreißig.

„Beruhige dich, du weißt genau, wie ich es meine. Hier, da haben wir es." Er markierte den Großteil des Textes, druckte ihn zweimal aus und reichte ein Exemplar seiner Kollegin. Kurz darauf rief er amüsiert: „Hör dir das an: ‚die Schlafarchitektur scheint nicht nennenswert beeinflusst zu werden.' Die *Schlafarchitektur*! Das könnte man ja fast als Designerdroge bezeichnen, besonders geeignet für Architekten."

„Ich bin bei den ‚Sinnestäuschungen und Wahnvorstellungen' hängengeblieben. Womöglich hatte sie irgendwelche Wahnvorstellungen, vielleicht fühlte sie sich verfolgt, oder sie hat Dinge gesehen, die gar nicht da waren. Was mich auch interessieren würde, ist die Sache mit der ‚kurzen Halbwertszeit von zwei bis drei Stunden' und welche Rolle es spielt, dass sie kurz vorher zu Mittag gegessen hat. Könntest du bei Dr. Blauthaler anrufen und nachfragen? Du weißt ja, dass er mit Frauen ein Kommunikationsproblem hat."

„Was heißt mit Frauen? Der Mann hat überhaupt ein Problem, aber fachlich ist er gut, da gibt es nichts. Dafür liegt seinem Assistenten die Damenwelt zu Füßen. Da haben sich zwei Extreme gefunden! Okay, ich versuche, was ich aus ihm rausholen kann."

Während er auf die Verbindung wartete, sagte Ute: „Bei der Gelegenheit kannst du auch gleich fragen, wann Herr Karcher zur Identifikation kommen will."

Am Apparat meldete sich Dr. Färber, der besagte Assistent des Pathologen, und Alex fragte zunächst nach Herrn Karcher.

„Der war schon da, gleich um halb neun. Er wollte es hinter sich bringen. Das war merkwürdig: er hat sie nur kurz angeschaut, genickt und sich dann auf die Möbel konzentriert. So etwas habe ich bisher noch nie erlebt, aber vermutlich wollte er sich ablenken, und er kommt ja aus der Möbelbranche, bloß dass unsere Einrichtung nicht ganz so warm und gemütlich ist wie die aus seiner Welt."

Auf die Frage nach dem Essen antwortete Dr. Färber, dass die Resorption von Zolpidem unabhängig von einer eingenommenen Mahlzeit sei und dass der volle Wirkspiegel innerhalb von dreißig Minuten bis zwei Stunden eintrete.

„Haben Sie Herrn Karcher etwas über die Todesursache gesagt?"

„Nein, da wollten wir Ihnen nicht vorgreifen, das ist wohl eher Ihr Metier. Er hat mit einem sehr undurchsichtigen Blick reagiert, als er hörte, dass *Sie* darüber mit ihm sprechen werden."

Es dauerte noch eine ganze Weile, bis Alex den Hörer wieder zurücklegte. „Ich glaube, der war froh, dass er mal mit jemandem plaudern konnte. Kannst du dir vorstellen, wie man das aushalten kann, den ganzen Tag mit Dr. Blauthaler zusammen? Da fällt doch kein unnötiges Wort."

„Da kann man eben in Ruhe seiner Arbeit nachgehen."

Beide hatten gar nicht bemerkt, dass sich die Tür geöffnet hatte. Frau Stiegelmaier stellte eine rote Tasse mit dampfendem Ingwerwasser auf Utes Platz und reichte ihr einen Bericht der Spurensicherung, der Auskunft darüber gab, dass die Bremsen vollständig in Ordnung, aber nicht benutzt worden waren. Ute nahm die dampfende Tasse, blies in die Flüssigkeit und trank vorsichtig einen Schluck. Alle im Dezernat wussten um ihre Vorliebe, und wenn sie auch keiner verstehen konnte, brachte doch immer wieder jemand aus Jux eine Wurzel für sie mit.

Sie stellte die Tasse nachdenklich wieder ab. „Ich sehe drei verschiedene Möglichkeiten: entweder war es doch Selbstmord, oder es war Mord, oder der Wirkstoff war gar nicht für sie bestimmt."

„Du meinst, das Medikament war für jemand anderen gedacht?"

Sie zuckte mit den Schultern. „So etwas soll es in der Kriminalgeschichte schon hin und wieder gegeben haben, dass der Falsche das Gift schluckt."

„Das hieße dann aber, dass man dem Richtigen noch seine Portion verabreichen muss. Oh, das hört sich wieder mal nach richtig viel Kleinarbeit an. Wie wollen wir es angehen?"

„Wie immer: wir gehen zunächst mal davon aus, dass das Medikament für Nicole war und fragen uns und andere, wer etwas davon hat, dass sie nicht mehr lebt. Zunächst sollten wir sie mal etwas kennenlernen."

„Das heißt, wir klappern ihre Umgebung ab! Firma, Familie, Freunde, Feinde!"

„Genau das heißt es. Wir verbinden das Schöne mit dem Nützlichen: wir lüften ihr Geheimnis und stellen nebenher fest, wie groß der Verlustschmerz der jeweils Betroffenen ist. Vielleicht ergibt sich auf dem Weg ein brauchbares Motiv, mit dem wir weiterarbeiten können."

Alex nahm die Schneekugel mit dem Kölner Dom in die Hand, schüttelte sie kräftig und beobachtete die fallenden Flöckchen, sein Beruhigungsritual. „Also, auf nach Ettlingen – ist ja ein schönes Städtchen, und mir würde da auch spontan eine tolle Pizzeria für die Mittagspause einfallen."

„Alex, es ist gerade mal kurz vor zehn und du denkst schon wieder ans Mittagessen?!"

„Nur weil du es leicht vergessen könntest. Es kann nicht jeder von Ingwerwasser leben."

Sie schmunzelte. „Vielleicht haben wir Glück, und es gibt in der Firma eine Kantine…"

„Ja, ja: das Schöne mit dem Nützlichen verbinden. Wir könnten uns zu jemandem an den Tisch setzen und zwischen Salat und Nachtisch ein bisschen über den Mord plaudern."

„Du sagst es!" Mit diesen Worten stand sie auf, zog ihre Jacke an, nahm den schwarzen Rucksack und hängte ihn sich über die linke Schulter. „Bist du bereit für das Abenteuer Spurensuche?"

Er entrang sich ein gequältes „Aber ja doch, jederzeit!" und erhob sich mühsam.

Frau Stiegelmaier schaute auf, als die beiden aus ihrem Büro kamen. Sie hatte eine Glasscheibe zum Flur, so dass sie alles im Blick behalten konnte. Ute blieb stehen, erklärte, was sie vorhatten und bat die Sekretärin, im Krankenhaus nachzufragen, ob der Opelfahrer schon vernehmungsfähig sei und auf welcher Station er liege. Den Namen Georg Friedrich hatte sie ihr auf einen Notizzettel geschrieben. Wenn sie Genaueres wisse, möge sie sich bitte telefonisch bei ihnen melden, damit sie auf dem Rückweg von Ettlingen gleich dort vorbeifahren können.

****

Kaum hatten sie die Eingangshalle des Möbelhauses betreten, erschien Frau Scholl und begrüßte die beiden Kommissare.

„Guten Morgen, sind die Herren Hochstätt und Karcher im Haus?“ Ute hatte den Eindruck, dass die Angesprochene mit der Fassung ringe.

„Herr Hochstätt ist in seinem Büro, sein Schwiegersohn hat sich für heute frei genommen. Soll ich Sie melden?“

„Danke, das wäre nett.“

Frau Scholl verschwand kurz hinter der Scheibe, telefonierte und bat dann die beiden, mit dem Aufzug nach oben zu fahren, der Weg sei ihnen ja bereits bekannt.

Als sich der Fahrstuhl im zweiten Obergeschoss öffnete, wurden sie von einer älteren Dame erwartet, die sich als Frau Thielmann, Sekretärin von Herrn Hochstätt, vorstellte. Über ihrer cremefarbenen, hochgeschlossenen Bluse trug sie eine dunkelblaue, elegante Strickjacke. Ihre hellen, fast weißen Haare waren am Hinterkopf mit einer schlichten Schmucknadel zusammengehalten, die Augen hinter der randlosen Brille wirkten etwas verquollen. Sie ging voraus zum Büro von Herrn Hochstätt und klopfte dort kurz an, bevor sie die Tür öffnete. Nachdem die beiden eingetreten waren, fragte sie, ob sie ihnen etwas anbieten dürfe, worauf beide dankend ablehnten. Herr Hochstätt stand hinter seinem Schreibtisch auf, der trotz des dunklen Holzes keinerlei Schwere vermittelte und bat sie, in der Sitzgruppe Platz zu nehmen. Die Fensterfront bot einen weiten Blick auf die Felder und Streuobstwiesen, bei schönem Wetter bestimmt eine Augenweide, heute unterstrich das trübe Grau die vorherrschende Stimmung.

Ute wartete, bis Herr Hochstätt sich ebenfalls gesetzt hatte, bevor sie begann: „Die Obduktion hat eine zusätzliche Problematik ergeben: es war ein Schlafmittel im Spiel, das heißt, wir können nicht mehr ausschließlich von einem Unfall ausgehen."

Es schien, als müsse der ältere Herr die Worte innerlich wiederholen, bevor sich ihm der angedeutete Sinn erschloss. Eine tiefe Falte zeichnete sich in der Mitte seiner Stirn ab: „Sie meinen, es handelt sich um ein Verbrechen?"

„Es stellt sich erneut die Frage nach Suizid oder einem Fremdverschulden und zunächst werden wir in dieser Richtung ermitteln. Sie werden verstehen, dass wir auch eine Reihe Ihrer Mitarbeiter befragen müssen, um uns ein möglichst umfassendes Bild zu machen, mit wem Ihre Tochter zu tun hatte und wo es eventuelle Konflikte gegeben haben mag. Manchmal sind es auch nur Kleinigkeiten oder Missverständnisse, die eine Situation eskalieren lassen."

Er hob die Hand, um sie zu unterbrechen. „Sie haben selbstverständlich meine volle Unterstützung."

Ute war erleichtert über seine Reaktion. „Dann wären wir dankbar, wenn wir eine vollständige Liste bekämen, mit wem Ihre Tochter in der Firma zusammenarbeitete. Ist es möglich, dass das Ihre Sekretärin erledigt und Ihr Schwiegersohn könnte dann die privaten Kontakte ergänzen?"

Herr Hochstätt lehnte sich in seinem Sessel zurück und nickte müde. „Mein Schwiegersohn ist heute nicht im Haus, er fühlte sich dazu nicht im Stande. Die heutige Generation ist es nicht mehr gewohnt, sich zusammenzureißen, wenn das Schicksal in einer Weise zuschlägt, mit der man nicht gerechnet hat.“ Offensichtlich dachte er nicht daran, dass seine Gesprächspartner auch dieser Generation angehörten, oder er hatte kein Problem damit, sie in die gleiche Kategorie zu schieben.

Alex räusperte sich: „Das können wir verstehen. Es hat nicht jeder die Stärke, wie Sie sie gerade zeigen.“

„Also, ich werde meine Sekretärin bitten, die Liste zu erstellen, die Sie wünschen. Wie wollen Sie nun weiter vorgehen?“ Er stand auf, ging zu seinem Schreibtisch und drückte eine Taste.

Ute holte ihr Notizbuch aus ihrem Rucksack. „Während Ihre Sekretärin die Liste zusammenstellt, könnten wir zunächst ein wenig mit Ihnen sprechen.“

Ein kurzes Klopfen, unmittelbar darauf öffnete sich die Tür. Frau Thielmann trat ein und schaute ihren Chef erwartungsvoll an. Er gab den Wunsch der Kommissarin weiter, und sie verließ den Raum so unauffällig, wie sie gekommen war.

Nachdem Herr Hochstätt sich wieder zu ihnen gesetzt hatte, sagte Ute: „Erzählen Sie uns etwas über Ihre Tochter. Wie kam sie in die Firma? Wie war ihr Verhältnis zu Ihnen? Wie ist sie aufgewachsen? Hatte sie Geschwister?“

Mit beiden Händen nahm Herr Hochstätt seine Brille ab, zog ein frisches Stofftaschentuch aus der Jackentasche und tupfte seine Augen ab. Er setzte die Brille wieder auf und wandte sich Ute zu. „Nicole war unsere einzige Tochter. Wir waren damals beide noch sehr jung, aber so war es halt zu der Zeit: da wartete eine Frau nicht, bis ihre Karriere ein Kind erlaubte. Nun, ich gebe zu, wir standen finanziell gut da. Mein Vater hatte die Firma gegründet, und sie lief schon damals hervorragend. Für mich war das Kind ein Sonnenschein.“ Ein Lächeln hatte seine Züge entspannt.

„Meine Frau sagte immer, ich verwöhne sie zu sehr, aber ich konnte ihr einfach keinen Wunsch abschlagen."

Ute nutzte die Pause, die entstand, zu der Frage: „Lebt Ihre Frau noch?"

Das Lächeln erstarb. „Ja, aber sie hat mich vor vielen Jahren verlassen, um mit einem jüngeren Mann in Irland ein neues Leben zu beginnen." Erschrocken schaute er auf: „Sie muss ich dann wohl auch über den Tod informieren."

„Gibt es regelmäßige Kontakte?"

„Gelegentlich meldet sie sich, und Ingo schickt ihr ab und zu ein paar Fotos per Mail, vor allem von den Kindern. Mit ihm hat sie sich von Anfang an gut verstanden, ich weiß auch nicht, warum. Vor zwei Jahren war Nicole mit Saskia in den Ferien zu Besuch bei ihr, da war die Ehe mit Ingo…", er biss sich auf die Lippen.

„Was war mit der Ehe?"

Herr Hochstätt rutschte unbehaglich auf seinem Stuhl hin und her. „Nun, die Ehe war noch stabil. In letzter Zeit hat sich Nicole manchmal etwas merkwürdig verhalten, aber darüber sprechen Sie vielleicht lieber mit meinem Schwiegersohn direkt." Sehr abrupt wechselte er das Thema. „Sie wollten wissen, wie sie in die Firma kam. Schon als Kind hat sie gerne mit Holz und Steinen gespielt, ohne sich dabei die Hände allzu sehr schmutzig zu machen, wenn Sie verstehen, was ich meine." Ute verstand nicht wirklich, was er meinte. „Sie hat geometrische Figuren gezeichnet, hatte großes Talent, und so war es nur folgerichtig, dass sie sich für das Designstudium entschieden und sich auf Möbel spezialisiert hat. Auch da hat mir meine damalige Frau vorgeworfen, dass ich sie in die Firma aufgenommen habe. Sie meinte, dass sich Nicole hier durchmogeln könne und nicht zu eigener Leistung herausgefordert werde, a ber das war natürlich Unsinn.“ Er atmete tief durch und nahm das leise Klopfen und Öffnen der Tür gar nicht wahr. Frau Thielmann reichte Alex, der näher an der Tür saß, eine Liste mit einigen Namen und zog sich wieder zurück. Er überflog die Liste kurz und reichte sie dann an seine Kollegin weiter, die den Faden wieder aufnahm.

„Was waren die Aufgaben Ihrer Tochter?“

Mit einem erneuten Seufzen kehrte er in die Wirklichkeit zurück. „Sie war, zusammen mit Frau Zieger, zuständig für den direkten Kundenkontakt, nahm Wünsche auf und machte entsprechende Entwürfe. Außerdem war sie involviert in die Gestaltung von öffentlichen Veranstaltungen, jetzt sind wir beispielsweise bereits mitten in den Überlegungen für die IMM Cologne, die Internationale Möbelmesse in Köln Anfang des Jahres. Da werden neue Trends gesetzt, so kommen im Zeitalter von iPads und Laptops Schreibtische mit weniger Arbeitsfläche aus, Möbelstücke werden insgesamt kleiner und kompakter, da es durch die zunehmende Zahl von Singlehaushalten weniger Platz in den Wohnungen gibt. Auch für die Inventa, eine Messe, die im Februar stattfindet, laufen die Vorbereitungen auf Hochtouren. Wir beteiligen uns an der Bewerbung um den Innovationspreis, bei dem es um qualitativ hochwertige, funktional durchdachte und ökologisch verträgliche Produkte mit anspruchsvollem Design geht. Da das genau unserer Linie entspricht, machen wir uns große Hoffnung, aber ich weiß nicht, ob wir unter diesen Umständen an unserer Bewerbung festhalten können.“

Alex horchte auf. „Könnte es sein, dass ein Konkurrent ein Interesse daran hat, dass Sie aussteigen?“

Überrascht blickte Herr Hochstätt auf und rieb sich gedankenverloren die Nase. „Kann Konkurrenz so weit gehen? Ich weiß es nicht, ich muss mich an den Gedanken eines Verbrechens erst gewöhnen."

„Ich habe für den Moment noch eine letzte Frage: wissen Sie, wer der Hausarzt Ihrer Tochter war?"

Auf seinem Gesicht spiegelten sich Unverständnis und Ratlosigkeit. „Ich verstehe nicht, warum Sie sich dafür interessieren, und ich weiß auch nicht, ob sie noch bei Dr. Trautmann ist oder nur ihre Heilpraktikerin konsultiert." In seinen Worten schwang ein abschätziger Ton mit. Offensichtlich war er in diesem Punkt mit dem Verhalten seiner Tochter nicht einverstanden.

Ute warf einen Blick auf die Liste und fragte: „Wie haben denn Ihre Angestellten die Nachricht vom Tod Ihrer Tochter aufgenommen?"

„Sie waren sehr betroffen. Bis jetzt gehen alle von einem Unfall aus und ich denke, es wäre gut, wenn das so bleiben könnte." Er schaute Ute mit Bestimmtheit an.

„Herr Hochstätt, ich verstehe zwar Ihr Anliegen, aber Sie müssen auch uns verstehen: wir sind hier in Ermittlungen eines eventuellen Mordfalles und wollen mit Ihren Mitarbeitern reden. Da können wir nicht so tun, als ob wir einen Unfall aufklären." Bevor er etwas erwidern konnte, fuhr sie fort: „Zunächst vielen Dank für Ihre Hilfe. Noch etwas: Ihre Tochter hat doch bestimmt einen Computer. Wäre es für Sie in Ordnung, wenn wir ihn mitnehmen, oder bestehen Sie auf einem Durchsuchungsbeschluss?"

Er wirkte überrascht, signalisierte aber mit einer großzügigen Geste sein Einverständnis.

„Vielen Dank! Damit ersparen Sie uns einige Mühe. Ich denke, wir sprechen als nächstes mit Frau Zieger. Wo finden wir sie?"

Er erhob sich und ging mit schwerem Schritt zu seinem Schreibtisch und drückte die Taste, die seine Sekretärin herbeirief. Als sie eintrat, sagte er: „Frau Thielmann wird Sie zu Frau Zieger bringen.“ Sie verabschiedeten sich und folgten der Sekretärin.

****

Ein Aspekt, der Ute bei ihrem Beruf begeisterte, war, dass sie mit völlig unterschiedlichen Interessensgebieten konfrontiert wurde. So war sie gespannt, was sie bei Frau Zieger über das Möbelthema erfahren würden. Zunächst stellte sie sich und ihren Kollegen vor, fasste mit wenigen Worten die bisherigen Ergebnisse zusammen und bat Simone, von ihrer Zusammenarbeit mit Nicole zu berichten.

Die Designerin zögerte. „Das ist nicht ganz einfach für mich. Zum einen war sie die Tochter des Chefs, zum anderen meine Kollegin und angesichts der Situation jetzt...“

„Sie meinen, über Tote soll man nichts Negatives sagen?“ hakte Alex nach. „Am besten ist es, wenn Sie alles so ungeschminkt wie möglich erzählen und es uns überlassen, wie wir die Dinge bewerten.“ Innerlich hatte er bei dem Wörtchen ungeschminkt geschmunzelt, denn an ihrem perfekten Make-up hatte er nichts auszusetzen.

„Nun, es war nicht leicht, mit ihr zusammen zu arbeiten, denn sie war nie wirklich verlässlich. Sie hat viele Dinge mit Euphorie begonnen, aber wenn es dann um die Feinarbeit, um das ständige Anpassen an die Kundenwünsche ging und dabei das Konzept im Auge zu behalten, verlor sie das Interesse und ließ angefangene Arbeiten einfach liegen.“ Sie räusperte sich und fixierte ihren Bildschirm, als ob sie dort die rechten Worte finden könne. „Anfangs fiel es mir gar nicht gleich auf, aber als sich die Beschwerden häuften, hat mich Herr Karcher gebeten, ihre Projekte parallel mit zu begleiten.“ Simone stockte, als ob ihr erst in diesem Moment klar würde, dass sie damit eine besondere Vertrauensstellung einnahm. „Teilweise hat sie mich dann angefahren, ich solle ihr nicht reinreden, aber bald hat sie die angenehme Seite der Sache entdeckt und mir einen Großteil der Arbeit überlassen. Schwierig war es dann mitunter bei der Kundenpräsentation, da sie manche meiner Gedanken nicht sofort verstand und nicht schlüssig übermitteln konnte."

Ute spürte, welche Überwindung es Simone einerseits kostete, diese Worte auszusprechen, und wie es zugleich befreiend war, die eigene Situation einmal deutlich klar zu stellen. „Haben Sie schon lange zusammengearbeitet?"

„Vor zwei Jahren kam Nicole wieder in die Firma. Nach dieser langen Familienpause konnte keiner verstehen, dass sie überhaupt wieder einsteigen wollte. Es kam uns vor wie bei einem kleinen Kind, das seiner Spielsachen überdrüssig wurde und jetzt eine Abwechslung sucht." Mit der linken Hand zupfte sie das Tuch, das sie elegant um den Hals geschlungen hatte, zurecht. „Für mich war es damals besonders schwierig, weil sie eine Kollegin ablöste, mit der ich sehr gerne gearbeitet habe – Natalie Merk. Sie hatte einen befristeten Vertrag und hatte auf eine Festanstellung gehofft, aber in diese Überlegungen hinein tauchte plötzlich Nicole wieder auf." Wieder nestelte sie mit ihrer Hand am Tuch herum und überlegte, wie sie fortfahren solle. Schließlich sagte sie: „Natalie hat sich vor zwei Wochen wieder gemeldet und gefragt, ob es mittlerweile eine freie Stelle für sie gäbe, da sie großes Interesse habe, wieder hier anzufangen. Ich habe sie vertröstet in der Hoffnung, dass sich vielleicht im Blick auf die beiden Messen nächstes Jahr zumindest vorübergehend etwas machen lässt, denn dass da Nicole hoffnungslos überfordert sein würde, war auch Herrn Karcher klar. Er wusste nur nicht so recht, wie er es seinem Schwiegervater beibringen solle, der bezüglich seiner Tochter immer eine rosarote Brille trug. Jetzt sieht das Ganze natürlich völlig anders aus, so dass Natalie bestimmt eine reelle Chance hat.“

Ute schluckte trocken. In dieser Beziehung kam der Todesfall ja gerade zur rechten Zeit. Um wieder auf die aktuelle Lage zurückzuführen, fragte sie: „Sie haben uns gestern kurz in unserem Gespräch unterbrochen und einen Dr. Böckelmann genannt. Wer ist das? Hat er auch etwas mit der Firma zu tun?“

Als sie diesen Namen erwähnte, meinte sie, so etwas wie einen Triumph in Simones Augen wahrzunehmen. „Herr Dr. Böckelmann ist ein wichtiger Kunde aus Baden-Baden. Dort haben wir übrigens einen großen Kundenstamm. Er ist dabei, ein Ferienhaus am Genfer See einzurichten, und wir sind für die Möbel und das Farbkonzept zuständig. Es war gar nicht ungünstig, dass Nicole zum vereinbarten Termin nicht da war und es somit mir überlassen wurde, ihm die Entwürfe vorzulegen. Die Veränderungen, die ich vorgenommen hatte, fielen ihm sofort auf. Er war sehr zufrieden mit meiner Arbeit und bat, dass *ich* die weitere Gestaltung übernehmen solle.“

Ute wechselte einen kurzen Blick mit Alex, dem die Selbstzufriedenheit in der Stimme ebenfalls aufgefallen war. „Und Frau Merk, die Sie erwähnten, könnte die Arbeit unmittelbar wieder aufnehmen?“

Ein warmes Lächeln erschien auf Simones Gesicht. „Ja, das wäre überhaupt kein Problem. Sie würde sich sofort wieder zurechtfinden und wir ergänzen uns auch sehr gut in unserem Arbeitsstil. Wenn sie wieder anfangen könnte, wäre das ein Gewinn für alle Beteiligten, nicht zuletzt für die Firma.“

„Hm. Um auf Nicole zurückzukommen: in ihrem Mageninhalt wurden Spuren von Marzipan nachgewiesen. Haben Sie dafür eine Erklärung?“

Simone konnte ihr Erstaunen nicht unterdrücken, mit großen Augen begegnete sie dem Blick der Kommissarin, zwang sich dann aber, auf die Frage zu antworten. „Wir hatten im Büro ein Schälchen mit Pralinen stehen, die sie gegessen hat, bevor sie losfuhr. Vermutlich war da Marzipan drin.“ Sie hielt inne, da ihr die Tragweite ihrer Aussage bewusst wurde. Als sie sich wieder gefasst hatte, fuhr sie fort: „Frau Thielmann macht leidenschaftlich gerne selbst Pralinen und bringt sie mit. Sie haben ihren Platz in der Kantine, beim Nachtisch. Nicoles Vorliebe für Süßes kannte so ziemlich jeder in der Firma, und viele beneideten sie um ihre Traumfigur, die unter der Schokolade nicht zu leiden schien. Oft brachte jemand nach dem Essen ein Schälchen mit Pralinen mit und stellte es hier ab. Ich habe mich manchmal gefragt, ob das so etwas wie ein Beitrag zum Betriebsfrieden sein sollte.“ Ihr Blick verlor sich draußen auf der Streuobstwiese. „Vielleicht hat sie die Pralinen gestern auch selbst mitgebracht in der Mittagspause – ich hatte nicht darauf geachtet.“

„Gab es aktuell besondere Konflikte, in die sie verwickelt war?“

Simone dachte einen Augenblick nach und schien dann abzuwägen, ob sie aussprechen solle, was ihr durch den Kopf ging. „Nun, es gibt eine Mitarbeiterin, die verheiratet ist mit einem Mann, der in der Staatlichen Kunsthalle arbeitet. Im Juli hatten wir unser übliches Sommerfest und seither“, sie machte eine kleine Pause, „interessierte sich Nicole verstärkt für Kunst, wenn Sie verstehen...“

Ute nickte, sie verstand sehr deutlich, was sie gehört hatte.

„Beide hatten ein paar Gläser Bowle getrunken und waren sich näher gekommen. Es war nur schwer zu übersehen, aber da alle ein wenig angeheitert waren, wurde es nicht besonders beachtet. Dass sie aber danach immer wieder von der Kunsthalle sprach, löste in der Belegschaft schon Irritationen aus, aber natürlich versucht man bei der Tochter des Chefs diskret zu schweigen. Was uns allerdings sehr geschmerzt hat, war, dass der Juniorchef sichtlich darunter litt. Für ihn haben hier alle eine große Sympathie."

Wie groß wohl ihre eigene Sympathie für ihn sein mochte? Bei der flüchtigen Begegnung am vergangenen Tag hatte Ute den Eindruck, dass sie einen recht persönlichen Umgang miteinander hatten. „Wie heißt diese Mitarbeiterin?"

„Das ist Lena Roth. Sie betreibt mit einem Cateringservice zusammen unsere Kantine."

Bei der erneuten Erwähnung der Kantine spürte Alex ein deutliches Hungergefühl und hoffte inständig, dass seine Kollegin ein Räuspern richtig interpretieren würde. Sie lächelte ihm aufmunternd zu und nickte leicht. Nach einem Blick auf ihre Armbanduhr fragte sie: „Gibt es für Gäste die Möglichkeit, in der Kantine hier zu essen, oder ist das den Mitarbeitern vorbehalten?"

„Nein, wir haben immer wieder einmal auch Gäste, meist Kunden, die eine weite Anreise haben. Wenn Sie mögen, können wir gemeinsam essen gehen."

„Danke, sehr gerne. Könnte ich mir vorher noch irgendwo die Hände waschen?"

„Ich zeige Ihnen den Weg." An Alex gewandt, ergänzte sie: „Wir sind gleich wieder hier."

Er nickte und musste schmunzeln. Warum drücken sich Frauen manchmal so unklar aus? Weshalb sagen sie nicht einfach, dass sie zur Toilette müssen? Während der kurzen Wartezeit ließ er seinen Blick durch das Büro schweifen und erkannte eine gewisse Ähnlichkeit zu dem Büro, das er mit seiner Kollegin teilte: der Schreibtisch von Frau Zieger glich dem von Ute, was die Ordnung und Struktur anbelangte, während er sich eher in dem von Nicole wiederfand. Er korrigierte sofort, dass er sich natürlich im Arbeitsstil von ihr unterschied: er brachte Dinge zu Ende, war zuverlässig und an seiner Arbeit interessiert.

„Kommst du?“ riss ihn eine vertraute Stimme aus seinen Betrachtungen, und er stand rasch auf, um den beiden zur Treppe zu folgen.

„Die Kantine ist im dritten Obergeschoss, also gerade ein Stockwerk höher.“ Im Blick auf Alex ergänzte Simone: „Aber wir können auch den Aufzug nehmen.“

„Nein, nein. Ein bisschen Sport vor dem Essen soll ja sehr gesund sein“, beeilte er sich zu sagen.

Ute zwinkerte ihm amüsiert zu und sagte: „Frau Zieger, was mir auffällt, sind die vielen Grautöne.“

„Das ist ein neuer Trend. ‚SCHÖNER WOHNEN‘ hatte dazu sogar mal eine Seite in ihrem Internetauftritt, die hieß ‚die graue Wand‘. Man kann mit einer solchen Farbe ungemein gut arbeiten im Blick auf andere Farben. Es ist ähnlich wie mit weiß – weiß spielt in der farbigen Raumgestaltung auch eine tragende Rolle, um andere Farbgruppen zu neutralisieren, aufzuhellen und zu beleben.“

Sie waren vor der Kantine angekommen, und Ute staunte erneut, dass mit einem Magnet direkt an der Wand die Speisekarte auf einem schräg gemalten roten Rechteck hing. Simone bemerkte es und erklärte: „Wir haben rote Magnetfarbe benutzt, auch um den Kunden zu zeigen, dass man nicht unbedingt irgendwelche Pin- oder Korkwände aufhängen muss, um Informationen anzubringen.“

Alex interessierte sich mehr für den Inhalt der Speisekarte als für deren Fixierung. Als er las ‚Tagesessen: Tagliatelle an Putenstreifen mit gerösteten Nüssen und Kürbismus', fragte er sich, warum man nicht einfach Braten mit Spätzle anbieten kann.

Sie betraten den großzügig angelegten Raum und Simone erklärte die verschiedenen Stationen: es gab eine Salatbar, einen Wagen mit Suppe, Fleisch und vegetarischer Variante, einen weiteren Wagen mit verschiedenen Beilagen, sowie das Dessertbüffet, von dem sie bereits berichtet hatte. Jeder nahm sich ein Tablett, Ute stellte sich einen bunten Salatteller zusammen, während Alex seinen Teller mit dem Tagesessen füllte. Bei dem liebevoll dekorierten Korb mit den Pralinen zögerten sie kurz, aber Alex konnte nicht widerstehen. Simone erwähnte, dass sie sich nichts aus Süßem mache und steuerte auf einen freien Tisch zu. Kaum hatten sie sich gesetzt, erschien ein etwa vierzigjähriger Mann mit rotblondem Haar, Seitenscheitel, einem Oberlippenbart und blassen Gesichtszügen. Sein dunkelblauer, weit geschnittener Rollkragenpullover überspielte den leichten Bauchansatz geschickt. Er schaute Simone an: „Darf ich mich dazu setzen oder störe ich?"

Mit fragendem Blick stellte sie ihn vor: „Das ist Herr Bartels aus der Marketingabteilung. Er hat vor allem im Blick auf die Messen eng mit Nicole zusammengearbeitet."

Ute machte eine einladende Geste: „Sie können sich sehr gerne zu uns setzen." Jeder Mitarbeiter, der etwas über Nicole erzählen konnte, war ihr willkommen. Sie stellte auch sich und ihren Kollegen Herrn Bartels vor, der sein Tablett auf dem Tisch abgestellt hatte und ihr mit konzentriertem Blick zuhörte.

„Wie darf ich mir Ihre Zusammenarbeit vorstellen?"

„Nun, die Ideen müssen ins rechte Licht gesetzt werden. Es macht einen gewaltigen Unterschied, wo und wie man ein Möbelstück platziert, und auch in den Flyern kann man bei der Bildgestaltung durch entsprechende Details oder Perspektive die Philosophie unterstreichen, die man übermitteln will."

Alex war leicht irritiert: was für eine Philosophie soll denn ein Möbelstück unterstreichen? In seinen Augen musste es vor allem zweckmäßig und stabil sein. Er wickelte mit seiner Gabel ein paar lange Nudeln auf und bemühte sich um ein möglichst interessiertes Gesicht.

„Ich meinte eigentlich eher Ihr persönliches Miteinander. Wie eng war Ihre Zusammenarbeit, hatten Sie häufig direkten Kontakt miteinander oder ging es nur darum, mit ihren Entwürfen zu arbeiten?"

Herr Bartels warf einen fragenden Blick zu Simone, die ihm zu verstehen gab, dass sie bereits recht offen mit den Kommissaren gesprochen habe. Daraufhin erklärte er, dass es sich sehr bewährt habe, einfach zu warten, bis Simone den fertigen Entwurf präsentierte. „Natürlich achtete ich immer darauf, Nicole nicht zu übergehen, sonst konnte sie tagelang schmollend herumlaufen und einen von oben herab behandeln. Und plötzlich, wie aus heiterem Himmel, war dann alles wieder gut."

Auf die Frage, ob Nicole bei den Mitarbeitern beliebt war, zog er unwillkürlich die Augenbrauen in die Höhe. Der innere Kampf mit der Loyalität zu seinem Arbeitgeber war ihm anzusehen.

„Die verwöhnte Tochter des Chefs – trifft es das?" half Ute nach.

Er lächelte sie dankbar an: „Ja, das trifft es sogar ziemlich genau."

„Und wie sieht es mit dem Ehemann aus?"

Simone tupfte sich mit der Serviette den Mund ab. „Manchmal tut er uns richtig leid. Dass sich alles so entwickelt hat, ist für ihn auch nicht leicht. All die Jahre ohne sie in der Firma war es wesentlich einfacher, wenn ich ehrlich bin. Da musste man nicht jedes Wort auf die Goldwaage legen, und auch die Arbeit lief flüssiger, weil sich jeder auf jeden verlassen konnte." Sie zögerte kurz, bevor sie fortfuhr: „Neulich gab es das Gerücht, dass sie sich von ihm trennen wolle. Das wäre nicht nur für ihn, sondern auch für die Firma eine Katastrophe, falls er uns dann verlassen müsste. Er hat im Lauf der Jahre unsere Produktlinie perfekt weiterentwickelt, so dass immer noch die Tradition gewahrt wird, die für den Seniorchef wichtig ist: wertvolle, natürliche Materialien, beste Verarbeitung, aber er setzte neue, überraschende Akzente, mit denen wir uns auf dem Markt behaupten können, und da finden sich dann auch die jüngeren Mitarbeiter wieder."

Herr Bartels schaute sie an: „Ich habe gehört, dass sich Natalie wieder beworben hat", an Ute gewandt erwähnte er: „eine frühere Kollegin, die sich sehr gut mit Simone ergänzt hat. Die beiden waren ein super Team. Das wäre echt eine Bereicherung, wenn sie ihren Platz wieder einnehmen könnte."

Nach einem Blick auf ihre Armbanduhr sagte Simone: „Ich habe noch einen Termin, auf den ich mich vorbereiten muss…"

Ute unterbrach sie: „Das ist kein Problem, wir haben jetzt schon mal einen gewissen Eindruck. Vielen Dank für Ihre Unterstützung und Ihre Offenheit. Wenn wir weitere Fragen haben, werden wir wieder auf Sie zukommen. Haben Sie zufällig die Telefonnummer von Herrn Karcher? Mit ihm würden wir auch gerne sprechen."

Simone nahm ihr Smartphone, tippte es kurz an und diktierte Ute die Nummer. Sie standen auf, brachten ihr Tablett in den entsprechenden Wagen und gingen gemeinsam die Treppe hinab.

„Eine kleine Sache noch: wir haben mit Herrn Hochstätt vereinbart, dass wir Nicoles Laptop mitnehmen.“ Sie folgten Simone ins Büro, Alex nahm das Gerät, fragte nach dem Kennwort, das ihm die verblüffte Designerin allerdings nicht nennen konnte. Nachdem sie sich verabschiedet hatten, nahmen die beiden Kommissare den Aufzug nach unten.

Alex fragte seine Kollegin: „Warum hast du dich nach der Telefonnummer erkundigt? Die haben wir doch auf der Liste.“

Ute lächelte ihn mit einem Augenzwinkern an: „Ich wollte nur wissen, wie sie reagiert. Ich weiß nicht, ob jeder Mitarbeiter hier die private Telefonnummer des Chefs in seinem Handy gespeichert hat.“

Nachdem sie das Gebäude verlassen hatten, spannte Ute ihren Schirm auf. Im Auto rief sie bei Frau Stiegelmaier an, um zu hören, ob sie den Opelfahrer besuchen können und erfuhr, dass er noch nicht vernehmungsfähig sei. Es ginge frühestens morgen oder übermorgen.

„Dann schauen wir doch mal nach, wie es Herrn Karcher geht, und wie er mit dieser Situation inzwischen zurechtkommt.“

Alex wollte die Adresse ins Navigationsgerät eingeben, aber Ute sagte, dass sie ihn leiten könne, schließlich wohne sie auch in Rüppurr.

Es dauerte nicht lange, bis sie an dem weißen Haus mit einer grauen Doppelgarage ankamen, vor dem Haus eine aparte Holzskulptur und einige ungewöhnliche Steine, daneben eine alte Blutbuche. Kurz nach dem Läuten öffnete eine kräftige Frau mit Schürze und schaute sie fragend an. Ute stellte sie beide vor und erkundigte sich, ob Herr Karcher zu Hause sei. Die Frau nickte sorgenvoll, trat zur Seite und bat sie herein. Sie brachte sie ins Wohnzimmer, wo er zusammengesunken in einem Sessel saß und ins Leere blickte. Als er die beiden wahrnahm, straffte er sich etwas, stand auf und bat sie, Platz zu nehmen.

Ute erschrak ein wenig: das war nicht mehr der dynamische, selbstsichere Mann von gestern. Er musste eine schwere Nacht hinter sich haben, und vermutlich hatte ihm auch der Besuch in der Pathologie zugesetzt. In kurzen, klaren Sätzen gab sie ihm das Ergebnis der Obduktion bekannt, unterbrochen durch das Eintreten von Frau Hauser, die unaufgefordert für alle Kaffee und etwas Gebäck brachte. Alex nickte ihr dankbar zu, und sie verließ den Raum wieder mit raschen Schritten.

„Herr Karcher, wir sind dabei, erste Eindrücke über das Leben Ihrer Frau und ihres Umfeldes zu sammeln. Wie haben Sie sich kennengelernt, und wie hat sich die Beziehung im Laufe der Jahre entwickelt?“

Er seufzte tief und nahm einen Schluck Kaffee, bevor er erzählte: „Ich habe im Rahmen meines BWL-Studiums ein Praktikum in der Firma gemacht und in verschiedenen Abteilungen mitgearbeitet, auch um etwas Geld zu verdienen. Ich komme aus bescheidenen Verhältnissen. So habe ich Nicole kennengelernt und mich gleich in sie verliebt. Anfangs war ich mir nicht sicher, ob das auf Gegenseitigkeit beruht, oder ob ich nur so etwas wie ein Zeitvertreib für sie bin, aber dann hat es sie wohl doch erwischt, und wir haben geheiratet. Lothar, mein Schwiegervater, hat es sehr befürwortet, denn er schätzte meine Arbeit sehr und auch den Einfluss, den ich auf Nicole hatte. Ja, und so hat er mich nach einiger Zeit zu seinem Juniorpartner gemacht und das nicht nur wegen der Heirat, sondern weil er sah, dass ich mich für die Firma interessiere und eigene Ideen einbringe. Wir hatten sehr glückliche und unbeschwerte Jahre zusammen.“ Sein Blick verlor sich im weitläufigen Garten. Schließlich nahm er den Faden wieder auf. „Wir bekamen unser erstes Kind, einen Sohn: Philipp und fünf Jahre später kam Saskia zur Welt. Nicole war wohl mit der Erziehung etwas überfordert, und ich war den ganzen Tag in der Firma… Vielleicht um Abstand von der Entwicklung der Kinder zu bekommen, drängte sie vor zwei Jahren wieder in die Firma.“ Er griff zu der Zigarettenpackung, die auf dem Tisch lag. „Stört es Sie, wenn ich rauche?“

Ute überlegte nur einen kurzen Augenblick, ob sie eine ehrliche Antwort geben solle, machte dann aber eine einladende Handbewegung, Alex schüttelte den Kopf.

Herr Karcher zog mit nervösen Fingern eine Zigarette aus der Packung und zündete sie mit einem Feuerzeug an. Nach einem tiefen Zug schien es ihm besser zu gehen. „Ich hatte damals gleich Bedenken, denn sie platzte in ein eingespieltes Team und sorgte dafür, dass Frau Merks Vertrag nicht verlängert wurde, aber mit meinem Schwiegervater war nicht zu reden…“

Alle drei erschraken, als plötzlich die Wohnzimmertür aufgerissen wurde.

„Philipp?“

Der schlaksige junge Mann, völlig schwarz gekleidet, war mitten in der Bewegung stehengeblieben und schaute verwundert in die Runde. Als Ute die Piercings an der rechten Augenbraue und im rechten Mundwinkel auffielen, bekam sie eine Ahnung, was Herr Karcher gemeint haben könnte mit der Überforderung hinsichtlich der Erziehung. Philipp strich sich eine Strähne des pechschwarzen Haares aus der Stirn. „Gemütliches Kaffeekränzchen? Du feierst den Tod?“

Etwas Zigarettenasche fiel auf Herrn Karchers Knie. Seine Anspannung war nicht zu übersehen. Er zischte seinen Sohn an: „Nimm dich zusammen! Das sind die beiden Kommissare, die sich mit der Aufklärung des Falles befassen.“

Mit einem breiten Grinsen kam die Antwort: „Und da fangen sie bei dir an? Das nenne ich clever.“ Damit machte er auf dem Absatz kehrt und verließ das Zimmer wieder.

Um die Situation zu entschärfen, warf Alex in versöhnlichem Ton ein: „Die Jugend!“

Ute nahm die Befragung wieder auf: „Nahm Ihre Frau regelmäßig Schlafmittel?“

Auf der Stirn des Gegenübers bildete sich eine steile Falte. „Vor einigen Wochen hat sie sich etwas verschreiben lassen, und letzte Woche war sie auch wieder beim Arzt wegen Muskelverspannungen.“

„Sie haben meine Frage nicht ganz beantwortet. Sie sagen, sie habe sich etwas verschreiben lassen, aber hat sie es auch genommen?“

Nach einem weiteren tiefen Zug drückte er die Zigarette umständlich im Aschenbecher aus. „Wir schlafen seit einiger Zeit in getrennten Schlafzimmern. Ich weiß es nicht.“

„Hat das mit dem Sommerfest zu tun?“

In Herrn Karchers Blick mischten sich Überraschung und Bestürzung: „Sie haben davon gehört?“

Ute überging die Frage und bat ihn um die Adresse des Hausarztes, die er ihr bereitwillig nannte. Sie nickte ihrem Kollegen zu und erhob sich. „Das genügt für den Moment, wir wollen Sie nicht länger stören, kommen aber bestimmt wieder auf Sie zu. Sie brauchen nun erst einmal Zeit, um mit dieser schwierigen Situation zurechtzukommen und haben hoffentlich jemanden, der Ihnen da eine Stütze ist."

Auch er war aufgestanden, schaute sie unsicher an, ging aber auf ihren letzten Satz nicht ein. Als sie in den Flur kamen, sahen sie gerade noch ein dürres Mädchen mit einer schwarzen Katze auf dem Arm die Treppe hinaufgehen.

****

Ute schüttelte ihren nassen Schirm aus, bevor sie die Autotür schloss. Alex wischte sich mit einem Taschentuch über das Gesicht. Der Regen hatte deutlich zugenommen.

„Nun ja, heile Familienidylle ist etwas anderes. Da scheint es einige Baustellen zu geben. Wie sieht unser weiterer Plan aus?"

Er startete das Auto, der Scheibenwischer sorgte für eine klare Sicht.

„Schade, dass Mittwochnachmittag ist", antwortete seine Kollegin, „da haben die Arztpraxen geschlossen, sonst könnten wir noch kurz bei ihrem Hausarzt vorbeischauen. Das mache ich gleich morgen früh auf dem Weg zur Arbeit. Wundere dich also nicht, wenn ich etwas später komme. Jetzt fahren wir zurück ins Büro, beglücken unsere EDVler mit dem Laptop und erledigen den Kram auf dem Schreibtisch, zu dem wir in der nächsten Zeit nicht kommen werden."

„Toller Plan!" Dass sich seine Begeisterung in Grenzen hielt, war nicht zu überhören.

Im Dezernat gingen sie direkt zur EDV-Abteilung, klopften bei Thomas an die Tür und warteten erst gar nicht auf sein „Herein". Er saß mit konzentriertem Blick vor seinem PC, kratzte sich kurz hinter dem Ohr und schaute dann zu ihnen auf. Mit einem Strahlen sagte er: „Oh, meine Lieblingskommissare, was für eine Freude! Und wahrscheinlich kommt ihr wieder mal nicht nur, um zu sehen, wie es uns hier so geht."

Alex rückte einen Papierstapel zur Seite und schaffte so etwas Platz für das Notebook. „Frag gar nicht erst, wie das Kennwort heißt, man konnte es uns nicht sagen. Und diejenige, die es wusste, ist tot. Vielleicht finden wir hier irgendetwas, was uns weiterhelfen könnte."

„Du meinst, wir suchen ganz gezielt nach *irgendetwas*? Mit euch möchte ich manchmal echt nicht tauschen! Aber gut, ich gebe mein Bestes, um euch Zugang zum Inhalt zu verschaffen. Ob euch der weiterbringt, sehen wir dann."

****

Als Ute nach Hause kam, begegnete ihr Herr Eberhard im Treppenhaus, der gerade zwei Weinflaschen aus dem Keller geholt hatte. Er hob eine der Flaschen etwas hoch und fragte: „Ein Gläschen nach den Nachrichten? Sie scheinen wieder mitten in einem Fall zu stecken."

Sie lächelte: „Wäre es Ihnen morgen Abend auch recht? Bis dahin sind wir hoffentlich schon etwas weiter und da wäre Ihr Blick von außen bestimmt hilfreicher als bei den ersten Eindrücken, die ich im Moment mitbringe."

„Von mir aus gerne auch morgen. Das hat sogar den Vorteil, dass meine Frau beim Frauenkreis ist und sich nicht überlegen muss, wie ich wohl den Abend ohne sie bewältigt bekomme." Den letzten Satz hatte er mit einem leicht ironischen Unterton gesagt, denn er hatte so viele Interessen, dass seine Frau niemals damit rechnen würde, dass er Langeweile haben könne.

In diesem Moment ging die Tür auf und Leonie kam heraus und hielt einen Teller mit einem Kuchenstück in der Hand. Sie streckte ihn Ute mit einem breiten Lächeln entgegen: „Dein Nusskuchen!“ Überrascht und erfreut nahm diese den Teller in Empfang, bedankte sich und die Kleine verschwand wieder hinter der Tür.

Herrn Eberhard, der inzwischen ein paar Stufen hinaufgestiegen war, rief die Kommissarin zu: „Also dann bis morgen. Einen schönen Abend!“

„Danke, Ihnen auch und grübeln Sie nicht zu lange herum. Sie haben Ihren Feierabend verdient.“

In ihrer Wohnung suchte Ute die Telefonnummer von Nicoles Hausarzt heraus und sprach auf den Anrufbeantworter, dass sie am nächsten Tag gleich morgens vorbeikommen wolle, um kurz eine dienstliche Frage zu klären. Danach zog sie sich um, brühte sich einen Earl-Grey-Tee auf und machte es sich in der Küche gemütlich. Der Nusskuchen war ein Gedicht.

Donnerstag

In der Praxis wurde sie unmittelbar nach ihrem Eintreffen in das Sprechzimmer des Arztes gebeten. Es war schlicht und zweckmäßig eingerichtet: an der Wand eine Untersuchungsliege, gegenüber der Schreibtisch, vor dem zwei Stühle standen, sowie ein Tischchen direkt neben der Tür, das offensichtlich als Ablage für die Sprechstundenhilfe diente.

Dr. Trautmann begrüßte Ute mit einem kräftigen Händedruck, bat sie Platz zu nehmen und fragte, wie er ihr helfen könne. Unwillkürlich erinnerte er sie an George Clooney.

„Ich komme wegen Nicole Hochstätt-Karcher. Nach unseren Ermittlungen waren Sie ihr Hausarzt.“ Ute machte eine kurze Pause.

„Sie hatte vorgestern einen tödlichen Autounfall, der

höchstwahrscheinlich durch ein Schlafmittel ausgelöst wurde. Nun interessiert mich, ob Sie ihr ein entsprechendes Mittel verordnet haben und auch wie ihr sonstiger Gesundheitszustand war."

Nachdem der Arzt seinen ersten Schock überwunden hatte, stützte er das Kinn nachdenklich in die Hand und öffnete dann am Computer ihre Akte. „Sie nimmt schon seit längerer Zeit hin und wieder ein Medikament mit dem Wirkstoff Zolpidemtartrat. Gerade letzte Woche war sie wieder hier wegen extremer Verspannungen. Ich habe ihr ein Muskelrelaxans verschrieben, sie aber auch darauf hingewiesen, dass sich die Wirkung in dieser Kombination verstärkt." Er sah, dass sich die Kommissarin Notizen machte und wartete ein wenig, bevor er weitersprach. „Sie hatte das Gefühl, dass ihr alles über den Kopf wächst: die Kinder, der Mann verausgabt sich in der Firma, außerdem schien sie auch in einer Beziehungskrise zu stecken und kam einfach nicht zur Ruhe. Ich habe ihr empfohlen, sich etwas zurückzunehmen, aber sie braucht andererseits ihre Auftritte, ihre Mittelpunktrolle." Er überlegte, wie er seinen Eindruck in Worte fassen solle und sagte dann: „Manchmal hat sie mich an einen Paradiesvogel erinnert, der dem Leben nicht unbedingt einen Sinn geben muss, sondern allein durch sein schillerndes Auftreten seine Berechtigung zu haben scheint."

„Wie muss ich mir die Wirkung der beiden Medikamente vorstellen? Frau Hochstätt-Karcher saß hinter ihrem Steuer und fuhr schließlich ungebremst auf einen Baum zu. Mein Kollege und ich haben uns bei Wikipedia etwas schlau gemacht und sind über Dinge wie Wahnvorstellungen und ähnliches gestolpert. Ich gebe zu, dass ich dieser Informationsquelle kritisch gegenüberstehe."

Dem Arzt war anzusehen, dass er ganz und gar nicht begeistert war. „Ich kann Ihnen nur beipflichten! Diese Quelle ist oft noch schlimmer als die Beipackzettel, die manche Patienten völlig aus der Fassung bringen. Aber zu Ihrer Frage: es kann natürlich sein, dass sie so etwas wie einen Blackout hatte oder auch eine verschobene Wahrnehmung, sehr wahrscheinlich aber hatte sie keine Kontrolle über ihre Gliedmaßen und konnte deshalb nicht bremsen. Schlimmstenfalls sah sie das Unglück auf sich zukommen, war aber absolut hilflos."

Ute schwieg einen Moment betroffen und fragte dann: „Können Sie mir etwas zu ihrer Familiensituation sagen oder haben Sie nur Frau Hochstätt-Karcher behandelt?"

„Nein, ich betreue die ganze Familie." Der Arzt schwieg einen Moment. „Ich mache mir große Sorgen um die Tochter. Dass ich unter Schweigepflicht stehe, wissen Sie, aber wenn Sie dem Mädchen begegnen, werden Sie selbst sehen, dass sie magersüchtig ist. Ich und auch zwei Therapeuten, bei denen Frau Hochstätt-Karcher mit ihr war, haben dringend empfohlen, sie in einer Klinik zu behandeln, aber Saskia wehrt sich mit Händen und Füßen. Sie macht Versprechungen, die sie dann doch nicht einhält, aber ihre Mutter ließ sich immer wieder darauf ein." Er schaute Ute nachdenklich an. „Wie das jetzt werden soll, ist mir schleierhaft, es sei denn, der Vater erkennt die Gefahr, wobei der sich nun bestimmt mit anderen Gedanken herumschlagen muss." Er seufzte tief. „Er ist ein sehr sympathischer Mann, der seinen Schwerpunkt allerdings mehr in der Firma als in der Familie hat, zumal sein Schwiegervater irgendwann ans Aufhören denken wird." Im Computer suchte er kurz nach dem Namen des Sohnes. „Ja, und bei Philipp bemerkt man deutlich, dass er keine Grenzen aufgezeigt bekam. Er lässt sich von niemandem etwas sagen, soweit ich das beurteilen kann." In seiner Stimme schwang tiefe Anteilnahme, als er sagte: „Auf Herrn Karcher kommt keine leichte Zeit zu, und für Herrn Hochstätt muss die Welt eingestürzt sein, denn er hat seine Tochter immer vergöttert."

„Können Sie sich vorstellen, dass Nicole die Medikamente in suizidaler Absicht genommen hat?"

Ohne größeres Zögern antwortete Dr. Trautmann: „Das halte ich für absolut unwahrscheinlich. Sie steckte zwar in einer Beziehungskrise mit ihrem Mann, aber andererseits war sie jemand, der das Leben genießt und möglichst in vollen Zügen auskostet."

Ute war gespannt, wie er auf ihre nächste Frage antworten werde: „Gibt es jemanden, der ein Interesse an ihrem Tod gehabt haben könnte?"

Im Gesicht des Arztes spiegelte sich eine Mischung aus Erschrecken und Überraschung: „Sie meinen doch nicht etwa jemanden aus der eigenen Familie?"

Sie zuckte mit den Schultern.

„Das kann ich mir irgendwie gar nicht vorstellen, und ihr sonstiges Umfeld kannte ich nicht. Ich glaube, da bin ich Ihnen keine Hilfe."

Ute packte ihr Notizbuch in den Rucksack, stand auf und bedankte sich bei Dr. Trautmann für seine Auskunft. „Und vielen Dank, dass Sie mir so spontan Ihre Zeit vor Praxisbeginn eingeräumt haben. Jetzt möchte ich Sie aber nicht länger von Ihrer eigentlichen Arbeit abhalten. Auf Wiedersehen." Sie reichte ihm eine Visitenkarte, falls ihm noch etwas einfallen sollte, was hilfreich sein könnte.

Auch er war aufgestanden, verabschiedete sich, begleitete sie die paar Schritte zur Tür und wandte sich dann seiner Sprechstundenhilfe zu.

****

Im Dezernat begrüßte Frau Stiegelmaier Ute mit der Nachricht, dass der Opelfahrer inzwischen vernehmungsfähig sei. Im Büro berichtete Ute Alex zunächst von ihrem Besuch bei Dr. Trautmann und fragte dann: „Brauchen wir die Aussage des Opelfahrers überhaupt noch? Inzwischen ist ja ziemlich klar, wie das Ganze abgelaufen ist. Außerdem können wir in der Akte nachlesen, was die Kollegen der Verkehrspolizei herausgefunden haben, die werden sich ausführlich mit ihm befasst haben."

Alex zwinkerte ihr zu: „Gib es zu: du möchtest nur einen Bogen um das Krankenhaus machen." Er erinnerte sich daran, dass sie einmal erwähnt hatte, dass sie sich in Krankenhäusern unsicher fühle. „Aber im Ernst: ich wüsste auch nicht, was uns der Fahrer Hilfreiches mitteilen könnte. Da finden wir vielleicht eher etwas im Laptop von Nicole. Thomas hat angerufen, dass er soweit ist."

„Also dann, gehen wir zu ihm hoch."

Gut gelaunt wurden sie oben begrüßt. „Da ich nicht viel von eurem Fall weiß, habe ich natürlich auch keine Ahnung, was euch etwas nutzen könnte. Dass es um außergewöhnliche Möbel geht, ist nicht zu übersehen, und da bin ich bei den Mails über eine Sache gestolpert: diese Nicole hat Kontakt zu einem Möbeldiscounter aufgenommen und angefragt, ob er Interesse an einigen kleinen Stücken zu einem besonderen Preis hätte." Er schaute die beiden triumphierend an. „Wie ihr euch denken könnt: er hat! Sie bat ihn aber, das auf keinen Fall ihren Mann oder gar ihren Vater wissen zu lassen und das Angebot gälte auch erst gegen Ende nächsten Jahres."

Alex schnipste mit dem Finger: „Da könnte der Ruhestand des älteren Herrn beginnen, und das Töchterlein will eigene Wege einschlagen. Damit macht sie sich nicht beliebt. Sonst noch etwas Interessantes?"

Thomas zuckte mit den Schultern: „Wie gesagt, ich weiß nicht, was für euch von Bedeutung ist, aber für mich war alles andere ziemlich belanglos. Es gibt beispielsweise eine kleine Datei mit Urlaubsbildern, dann natürlich jede Menge Ordner mit verschiedenen Materialien, wie Holz, Leder und ähnliches und Schriftverkehr mit Zulieferern, Kunden und sonstigen Leuten."

Ute bedankte sich. „Wir nehmen das Notebook mit, dann kann Alex mal in einer ruhigen Minute durchblättern, ob es noch etwas gibt, was Fragen aufwirft oder beantwortet." Sie zwinkerte ihm zu und die beiden gingen zurück in ihr eigenes Büro.

Nachdem sie sich gesetzt hatten, fragte Alex: „Was steht sonst auf dem Plan für heute? Die ruhige Minute werde ich wohl irgendwann dazwischenschieben müssen, denn es hat sich nicht angehört, als ob ich da viel Wichtiges finden werde."

Ute blätterte in ihrem Notizbuch. „Das eine sind die Tabletten, aber das andere sind die Pralinen. Direkten Zugang dazu hat Frau Thielmann – sie stellt sie her und könnte natürlich auch etwas hinein verarbeiten. Ebenso sieht es mit Frau Roth in der Cafeteria aus: bevor die Gäste zum Mittagessen kommen, hat sie alle Zeit der Welt, um einige zu manipulieren. Die Frage ist dann allerdings, wie die präparierten ins Büro von Nicole kommen. Außerdem sollten sie dort nicht von Simone gegessen werden."

Ihr Gegenüber hob triumphierend die Hand: „Sie hat erwähnt, dass sie sich nichts aus Süßem mache. Das ist bei mir hängengeblieben, weil ich mir so etwas gar nicht vorstellen kann. Aber das ist bestimmt in der Firma bekannt, die scheinen da ja ein gutes Miteinander zu haben."

Anerkennend stimmte Ute zu: „Du hast recht, sie hat so etwas gesagt. Ich schlage vor, dass wir uns mit der Sekretärin und Frau Roth unterhalten. Vermutlich ist es geschickter, mit Frau Thielmann zu beginnen. Ich könnte mir vorstellen, dass Frau Roth nach der Mittagszeit entspannter ist, weil sie vorher bestimmt einiges vorzubereiten hat. Also, was hält uns auf?“

„Nichts und niemand! Ich bin gut in Schwung – ich liebe das derzeitige Tief Vincent, von mir aus kann es noch einige Tage regnen.“

„Na, da freue ich mich doch für dich mit.“

****

Mit einem leichten Schaudern dachte Frau Hauser an den gestrigen Tag zurück, während sie den Frühstückstisch abräumte und das Geschirr in die Spülmaschine stellte. Saskia wurde immer wieder von einem hilflosen, stummen Schluchzen geschüttelt und schmiegte den Kater eng an sich. In der Schule hatte sie die Kleine für den Rest der Woche entschuldigt und war auf großes Verständnis gestoßen. Bei Philipp war sie nicht sicher, was sich hinter seiner harten Fassade und seinen fast zynischen Bemerkungen verbarg.

Heute früh hatte Herr Karcher gefasst gewirkt, als sie ihren Dienst antrat. Sie war überrascht über seine legere Kleidung: statt Hemd und Krawatte trug er einen dunkelgrünen Pullover. Die Frage schien ihr im Gesicht geschrieben zu stehen, denn er erklärte ihr umgehend, dass er nur kurz in der Firma vorbeischauen wolle und dann nach Frankfurt fahre, um dort seine Schwiegermutter am Flughafen abzuholen. Nachdem sie vom Tod ihrer Tochter gehört hatte, entschloss sie sich, für zunächst unbestimmte Zeit nach Deutschland zu kommen. Er hatte dem Drängen von Saskia nachgegeben, die unbedingt mitfahren wollte, um ihre Oma zu begrüßen. Anscheinend hatten die beiden ein gutes Verhältnis zueinander.

Sie ging nach oben, um das Gästezimmer vorzubereiten und überlegte, ob sie das Bett von Frau Hochstätt-Karcher abziehen solle. Wie verhielt man sich in einem solchen Fall? Würde es als pietätlos betrachtet werden? Sie beschloss abzuwarten, bis Saskias Großmutter eintraf und hoffte, dass sie sich gut mir ihr verstehen werde. Den englischen Namen hatte sie nicht richtig verstanden.

****

Obwohl Ute das Gebäude nicht mehr fremd war, hätte sie es doch als unhöflich empfunden, Frau Scholl am Eingang zu ignorieren. Sie lächelte ihr wie einer Bekannten zu und erkundigte sich, ob Herr Hochstätt im Hause sei. Die Empfangsdame bestätigte es ihr und versprach, sie anzumelden.

Im Aufzug gab Alex seiner Überraschung Ausdruck: „Ich dachte, wir wollen zu seiner Sekretärin?"

„Ja, aber das müssen wir ja nicht gleich am Eingang bekannt geben. Ein wenig Überraschungsmoment hat in manchen Fällen nichts geschadet."

Schon waren sie angekommen und, wie vermutet, stand die Sekretärin bereit, um sie zu ihrem Chef zu begleiten.

„Wie würden zunächst ganz gerne ein paar Worte mit Ihnen persönlich sprechen."

Frau Thielmann blieb stehen und schaute sie unsicher und erschrocken an. „Mit mir? Aber Frau Scholl sagte doch…"

Ute überging den Einwand und fragte nach dem Büro der Sekretärin. Stumm ging diese weiter, öffnete kurz darauf eine Tür und blieb erneut stehen. „Ich habe nur *einen* Stuhl, aber wir können in unser Besprechungszimmer gehen. Das kennen Sie ja schon." In dem Moment wurde Ute bewusst, dass es auch in Frau Stiegelmaiers Büro keine weiteren Stühle gab – das schien das Los der Sekretärinnen zu sein, dass kaum jemand zu ihnen kommt, um mit ihnen ein längeres Gespräch zu führen.

Nachdem sie sich gesetzt hatten, lächelte die Kommissarin verbindlich. „Frau Thielmann, Sie sind bestimmt schon sehr lange in der Firma und kennen Ihren Chef und seine Tochter gut. Können Sie uns ein wenig erzählen, wie das war, als Nicole plötzlich wieder hier auftauchte, und wie sie von den anderen aufgenommen wurde?"

Die Angesprochene rang sichtlich mit sich und begann schließlich: „Sie werden es kaum glauben, aber ich hatte letztes Jahr mein 40-jähriges Dienstjubiläum hier." Als hielte sie es selbst nicht für möglich, schüttelte sie leicht den Kopf, schluckte dann und fuhr fort: „Und nächstes Jahr gehe ich in den Ruhestand. Ich habe Nicole als ganz kleines Mädchen kennengelernt, Herr Hochstätt hat sie manchmal mit in die Firma gebracht. Er war ganz vernarrt in das Kind. Im Lauf der Jahre war es nicht zu übersehen, dass sie ihn mühelos um den Finger wickeln konnte, auch wenn er das immer entschieden abstritt." Ihr Blick verfing sich an dem roten Wandbild, auch wenn sie es nicht wirklich betrachtete. Ute ließ ihr Zeit. „Dass er sie nach dem Studium in die Firma nahm, war meines Erachtens ein Fehler. Ich möchte nicht sagen, dass sie von der Sache nichts verstand, aber sie konnte tun und lassen, was sie wollte." Erschrocken legte sie ihre rechte Hand auf den Mund und schaute Ute ängstlich an. „Entschuldigung, das zu sagen, steht mir nicht zu."

Alex ahnte schon, dass seine Kollegin jetzt mit besonders einfühlsamer Stimme antworten werde. Er behielt recht. „Frau Thielmann, je mehr Sie uns erzählen und je persönlicher Sie das tun, desto eher helfen Sie bei der Aufklärung mit." Dass sie selbst zu den Verdächtigen zählte und somit kein Interesse an schneller Aufklärung haben konnte, versuchte Ute zu verdrängen.

Die ältere Dame nickte langsam. „Dass Nicole sich für Herrn Karcher interessierte, habe ich zunächst nicht gutgeheißen, weil ich dachte, sie treibt nur ihr Spiel mit ihm. Aber es entwickelte sich dann ja doch etwas Ernsthaftes, und er hat ihr sichtlich gut getan. Wenn ich ehrlich bin, habe ich mich vor allem für ihn gefreut, denn er war auch für die Firma ein großer Gewinn." Ein warmes Lächeln umspielte ihren Mund, und sie schien für einen Augenblick in die Vergangenheit abzugleiten. Als Alex sich deutlich räusperte, zuckte sie etwas zusammen. „Die beiden waren ein schönes Paar, und sie nahm auch ihre Arbeit ernster, um ihm zu imponieren. Und doch … wie soll ich es sagen? Wir haben uns gefreut, als sie schwanger wurde." Sie schaute unsicher auf, aber ein interessiertes Nicken ermunterte sie, fortzufahren. „Die Firma entwickelte sich sehr gut weiter. Als Herr Hochstätt davon sprach, dass seine Tochter nach all den Jahren wieder zurückkommen wolle, konnte ich es fast nicht glauben und habe versucht, ihm abzuraten. Wissen Sie, ich habe ein… nun, ich stehe ihm sehr nahe." Eine leichte Röte stieg in ihre Wangen, und Ute fragte sich instinktiv, ob das der Chef auch so sieht. Nachdem sich die Sekretärin wieder gefasst hatte, fuhr sie fort: „Ich habe mir große Sorgen gemacht, zum einen um Nicole, zum anderen aber auch um die Firma. Frau Merk, eine ganz tüchtige Mitarbeiterin, musste ihren Platz räumen. Hier hatte sich inzwischen manches verändert, und da habe ich mich schon gefragt, ob Nicole eine kluge Entscheidung getroffen hat." Ihr Blick blieb an dem schwarzen Notizbuch hängen, als ob sie sich fragte, was die Kommissarin die ganze Zeit aufschrieb. Diese nickte ihr ermunternd zu. „Sie hatten gefragt, wie die anderen sie aufnahmen. Ja, was soll ich sagen? So richtig begeistert war wohl niemand. Ich bin sogar mal aus Versehen in eine Diskussion von Vater und Schwiegersohn geraten, in der Herr Karcher seine Bedenken deutlich formulierte, aber da stieß er natürlich auf taube Ohren.

Die Pause, die folgte, nutzte Ute: „Hat denn Herr Hochstätt nicht auf *Sie* gehört? Sie sagten doch vorhin, dass Sie ihm nahestehen. Vielleicht könnten Sie mir erklären, wie sich das zeigt."

Dass die linke Hand am Hinterkopf die Frisur überprüfte, wirkte wie eine etwas verlegene Geste. „Wir arbeiten schon all die Jahre eng und vertrauensvoll zusammen. Ich habe mit Herrn Hochstätt die guten und auch die schwierigen Zeiten durchgestanden, beispielsweise als ihn seine Frau verließ und ins Ausland ging. Das schweißt einen doch zusammen." Sie zögerte etwas und schaute zu Boden. „Wir haben nie darüber gesprochen, aber ich könnte mir gut vorstellen, dass unsere Beziehung mit dem Ruhestand nicht beendet ist. Er braucht ja auch jemanden, mit dem er sich austauschen kann."

Ute wollte darauf nicht näher eingehen und lenkte das Gespräch in eine andere Richtung: „Was genau hat Sie gestört, als Nicole wieder kam?"

Mit ungewöhnlich kräftiger Stimme antwortete Frau Thielmann: „Sie hat unserem Ruf geschadet! Und da war der Chef machtlos, obwohl er sonst alles straff in der Hand hat."

Fühlte sie sich gedrängt, einzugreifen?

„Gab es in der letzten Zeit irgendwelche aktuellen Probleme oder hat sich etwas zugespitzt, das schon lange schwelte?"

„Was ich mit großer Sorge beobachte, ist die Ehe von Nicole. Sie haben bestimmt von unserem Sommerfest gehört, und seither hält sich das Gerücht, dass Nicole sich mit Herrn Roth trifft, dem Ehemann unserer Kantinenbetreiberin. Beweisen kann das natürlich niemand, aber Sie wissen ja, wie das ist mit dem Gerede, ein bisschen Wahrheit ist meistens dran. In diesem Fall wurde sogar Herr Hochstätt hellhörig." Auf ihrer Stirn zeichnete sich eine sorgenvolle Falte ab, sie schien zu überlegen, ob sie die Grenze der Vertraulichkeit überschritt, entschied sich dann aber doch für die Offenheit. „Er bat mich, einen Termin mit seinem Rechtsanwalt zu machen, weil er sein Testament gemeinsam mit ihm überdenken wollte."

Ute war gespannt: „Und – hat der Termin bereits stattgefunden?"

„Nein, er war für morgen angesetzt."

„Wusste noch jemand von diesem Termin?"

Frau Thielmann schien einen Augenblick zu überlegen oder ihre Antwort abzuwägen. „Herr Karcher hat Einblick in den Terminkalender seines Schwiegervaters. Er kann davon gewusst haben."

„Könnten Sie mir den Namen des Rechtsanwalts geben?"

„Es ist Dr. Lautenschläger, mit ihm arbeiten wir schon seit vielen Jahren zusammen."

Dic Kommissarin war etwas amüsiert über das „wir", als sie den Namen notierte. Sie schaute die Sekretärin direkt an, als sie fragte: „Ist es eigentlich sehr schwierig, Pralinen selbst zu machen? Ich habe da gar keine Ahnung."

Die Schultern der Angesprochenen strafften sich leicht und mit einem gewissen Stolz antwortete sie: „Das kommt auf die Sorte an. Ich habe dieses Hobby schon sehr lange und wage mich inzwischen an ganz außergewöhnliche Rezepte, die ein bestimmtes Maß an Erfahrung brauchen.

Aber dafür finden meine Pralinen auch einen ganz besonderen Zuspruch hier."

Mit dem Wort außergewöhnlich hatte sie wohl den Nagel auf den Kopf getroffen. „Eine letzte Frage: wird es jetzt wieder leichter in der Firma?"

Ein unsicherer Augenaufschlag: „Sie meinen: nach dem Tod von Nicole?" Nach der angedeuteten Zustimmung überlegte sie noch einen Augenblick. „Nun, ich denke, dass wir Frau Merk wieder einstellen können, damit sich Herr Karcher voll auf seine Aufgaben konzentrieren kann. Er holt gerade seine Schwiegermutter in Frankfurt am Flughafen ab, dann wird sich hoffentlich auch eine gute Lösung für die Kinder finden. Alles in allem sieht es tatsächlich so aus, als ob wir, trotz des Schmerzes, wieder in ruhigerem Fahrwasser schwimmen." Da sie selbst über ihre Aussage erschrocken schien, fügte sie noch an: „Und auch Herr Hochstätt wird seine Fassung wieder finden. Er geht mit Schicksalsschlägen sehr rational um."

Das schwarze Notizbuch verschwand im Rucksack. „Wir würden gerne noch mit Frau Roth sprechen. Meinen Sie, dass das günstiger vor oder nach der Mittagspause ist?"

Ohne langes Zögern antwortete Frau Thielmann: „Das ist auf jeden Fall besser nach dem Essen, vorher hat sie viel zu tun mit der Anlieferung und dem Aufbau. Ich habe das schon oft beobachtet, wenn ich mit meinen Pralinen spät dran war."

„Wann bringen Sie ihre Pralinen denn üblicherweise nach oben?"

Sie lächelte: „Das ist meist der erste Gang am Morgen. Manchmal stelle ich ein Schälchen bei Herrn Hochstätt und bei Nicole ab und gehe dann in die Kantine hoch."

Die Kommissarin schaute auf die Uhr. „Wenn Sie uns jetzt noch die Adresse und Telefonnummer der Kanzlei geben, könnten wir die Zeit bis zur Mittagspause vielleicht sinnvoll überbrücken."

Dienstbeflissen stand die Sekretärin auf und ging ihnen voraus zu ihrem Büro, wo sie beides auf einen Block mit Firmenlogo notierte und weitergab. Ute bedankte und verabschiedete sich, ebenso Alex, der ihr zum Aufzug folgte.

Erst als sie wieder im Freien waren, sagte sie: „Diese außergewöhnlichen Pralinen haben doch allem Anschein nach einen wertvollen Dienst geleistet!"

Alex bestätigte: „Ja, da haben einige davon profitiert. Sie hat sich mit ihrer Aussage ganz schön reingeritten. Meinst du, das hat sie absichtlich getan?"

Die Kollegin zuckte mit den Schultern und setzte sich ins Auto.

****

Eleonore Mac Philly hatte ihren Koffer vom Gepäckband genommen und zog ihn hinter sich her in Richtung Ausgang. Als sie nach dem schmalen Flur mit der Zollkontrollstelle um die Ecke des Flughafengebäudes bog, ließ sie ihren Blick über die Menge der Abholenden am Meeting Point schweifen. Sie entdeckte ihren Schwiegersohn und erschrak darüber, dass ihre Enkelin offenbar weiter abgenommen hatte, versuchte aber, sich nichts anmerken zu lassen. Mit der freien Hand winkte sie ihnen zu und umarmte schließlich beide herzlich. Auf dem Weg zum Wagen erkundigte sich Ingo nach der Reise, Saskia hielt die Hand ihrer Oma fest umklammert. Abgesehen von einigen Baustellen kamen sie zügig voran und trafen gegen zwölf Uhr in Rüppurr ein.

Frau Hauser hatte den Wagen in die Einfahrt fahren sehen und öffnete die Tür. Als sie Frau Mac Philly sah, fragte sie sich unwillkürlich, ob sie deren Haarfarbe eher an Erdbeermarmelade oder an Tomatenketchup erinnerte. Ihre Überraschung war umso größer, da sie eine Frau erwartet hatte, die um einiges älter sein musste als sie selbst. Auch die Kleidung schien ihr dem Todesfall nicht angemessen: unter einem weiten buntkarierten Wolltuch, das sich diese Frau um die Schultern geschlungen hatte, schauten türkisfarbene Hosenbeine hervor. Die Haushälterin ermahnte sich, keine voreiligen Rückschlüsse auf die Person zu ziehen und lächelte ihr freundlich zu.

Saskia ließ die Hand der Großmutter los und rannte voraus, um ihr den Kater zu zeigen. Eleonore Mac Philly, die trotz des Regens keinen Schirm aufspannte, ging mit federnden Schritten zum Haus und schüttelte Frau Hauser, die etwas zur Seite ausweichen wollte, kräftig die Hand. „Sie müssen die ‚Perle' sein, von der mir mein Schwiegersohn erzählt hat! Auch meine Tochter hatte immer wieder von Ihnen und Ihrer Küche geschwärmt. Ich bin Eleonore Mac Philly. Schade, dass wir uns nicht unter anderen Umständen kennenlernen, aber so ist es nun mal: das Schicksal hat nicht nur angenehme Dinge im Gepäck."

Als ob er das Stichwort abgewartet hätte, kam Ingo mit dem Koffer. „Ich bringe ihn gleich nach oben in dein Zimmer. Falls du dich noch etwas frisch machen möchtest – du kennst dich ja aus hier."

Nachdem sie eingetreten war, legte Eleonore ihr feuchtes Wolltuch ab und fuhr sich kurz mit dem Gästetuch, das ihr Frau Hauser gebracht hatte, über das Gesicht. Sie schaute sich im Flur um. „Wie lange ist es her, dass ich hier war? Vier oder fünf Jahre? Dieses Bild hing damals noch nicht an der Wand, da bin ich mir ziemlich sicher." Sie trat näher an das Gemälde heran, das sich mit seinen satten Farben um eine zarte Mitte herum deutlich von der weißen Wand abhob. „Hat es Nicole gemalt? Sie hatte mal erzählt, dass sie sich im oberen Stock ein kleines Atelier eingerichtet hat.“

Ingo drehte sich an der Treppe zu ihr um und nickte. „Ja, das ist von ihr. Es hängt bestimmt schon zwei Jahre hier. Sie hat längere Zeit nicht gemalt, erst vor ein paar Monaten hat sie wieder damit begonnen.“ Er schluckte trocken und trug den Koffer nach oben.

****

Ute hatte den nassen Schirm ausgeschüttelt und die Autotür geschlossen. Ihr Kollege wischte mit dem Handrücken ein paar Tropfen von seiner Nase. „Du wirst jetzt nicht im Ernst zu dieser Kanzlei wollen, oder? Die geben doch ohne richterlichen Wisch nicht den Hauch von einer Auskunft.“

Sie seufzte. „Das ist mir auch klar, aber ich hatte plötzlich das Gefühl, dass ich aus dieser Firma raus muss. Mir war auf einmal alles zu eng und zu grau. Vielleicht liegt es ja auch am Wetter.“

Alex traute seinen Ohren nicht. „Hallo, das Wetter ist *mein* Thema! Ich bin doch normalerweise derjenige, der leidet, aber womöglich verstehst du jetzt mal, wie es einem gehen kann, wenn sich das Wetter gegen einen verschworen hat. Ich finde es gerade genial, aber wenn ich dich so sehe, würde ich Sonne und Medikamente in Kauf nehmen. Was kann man dir Gutes tun?“

„In Ettlingen gibt es so viele schöne Cafés“, antwortete sie mit einem angedeuteten Lächeln, „lass uns in eines gehen, da können wir die Zeit überbrücken und uns dann wieder ans Werk machen.“

Womit hatte er das verdient? Mit einem vergnügten Summen startete Alex den Motor und fuhr in Richtung

Stadt, fand in einer Seitenstraße hinter dem Schloss einen Parkplatz und fragte: „Zufrieden?“

Ute hob ihren Schirm auf und nickte. „Ich glaube, es geht mir schon viel besser.“

Kurz darauf standen sie vor dem Schloss, gingen die paar Schritte zum Café Tiziano und traten ein. Alex überließ es seiner Kollegin, einen Tisch auszusuchen und staunte, wie viele Tische um diese Uhrzeit besetzt waren – überwiegend von Frauen, die anscheinend ein lang ausgedehntes Frühstück genossen. Eine Ausnahme machte ein junger Mann, der ganz vertieft in eine Arbeit am Laptop war, neben sich eine große Kaffeetasse.

Mit den in einem warmen Orangeton gestrichenen Wänden strahlte der Raum eine Wohlfühl-Atmosphäre aus. An der Rückwand entlang stand ein schwarzes Ledersofa mit kleinen Tischen davor, um die übrigen runden Tische waren bequeme schwarze Lederstühle gruppiert.

Ute hatte ihre Jacke bereits über eine Stuhllehne gehängt, ihren Rucksack abgestellt und sich gesetzt. Alex nahm ihr gegenüber Platz und studierte mit Vergnügen die Karte. Dass sie sich für eine heiße Schokolade mit Sahne entschied, kommentierte er mit der Frage: „Gibt es hier kein Ingwerwasser?“

„Schokolade ist gut für die Nerven und die Stimmung!“

Er wählte ein Glas Latte Macchiato und ein Marzipancroissant, worauf Ute die Augenbrauen in die Höhe zog: „Ist das nicht ein bisschen üppig, so kurz vor dem Mittagessen?“

„Ich kann ja nachher eine Kleinigkeit nehmen, und heute Abend bin ich mit Gabi zu einer Pizza verabredet.“

Wieder war Ute überrascht: „Kommt sie nicht erst am Wochenende?“

Er schmunzelte: „Doch, aber wir treffen uns über Skype.“

„Was heißt das denn jetzt?“

„Ganz einfach: jeder macht sich eine Pizza heiß und dann skypen wir nebenher.“

Ungläubig schaute sie ihn an: „Du willst damit sagen, dass du mit einem aufgeklappten Laptop am Esstisch deine Pizza isst?“

In seiner Stimme lag ein etwas trotziger Unterton: „Ja, das ist immer noch besser als nur zu telefonieren.“

„Das klingt ziemlich romantisch.“

In diesem Moment kam die Bedienung und servierte das Bestellte.

Als sie das Café verließen, hatte der Regen etwas nachgelassen. Ute schlug vor, einen kleinen Umweg zum Parkplatz zu machen und am Rosengarten vorbeizugehen. Bei schönem Wetter lud dieser üppig mit Rosen bepflanzte Platz zum Verweilen ein, jetzt waren nur noch Reste der sommerlichen Pracht zu sehen.

Ein paar Minuten später nahmen sie im Büro von Herrn Hochstätt Platz, und Ute erkundigte sich, wie es ihm gehe. Er war sichtlich um Fassung bemüht und berichtete, dass die Beisetzung seiner Tochter am Montag im engsten Familienkreis stattfinden werde – deshalb werde die Todesanzeige auch erst am Dienstag in der Zeitung erscheinen. „Heute trifft meine Exfrau aus Irland ein, wir werden uns am Samstagnachmittag bei unserem Schwiegersohn treffen und alles besprechen.“

„Ihre Sekretärin hat erwähnt, dass Sie einen Termin mit Ihrem Rechtsanwalt haben, um das Testament zu überdenken.“

Höchstens ein winziges Zucken der Augenbrauen zeigte seine Überraschung. „In meinem Alter muss man sich Gedanken machen, ob alles so geordnet ist, wie man sich das wünscht. Aber ich werde den Termin unter diesen Umständen natürlich nicht wahrnehmen."

„Das heißt, Sie hatten nicht vor, eine Änderung vorzunehmen?"

Etwas unwirsch antwortete er: „Ich hatte doch gesagt, dass ich mir mit Dr. Lautenschläger zusammen Gedanken machen wolle. Eine konkrete Absicht war damit nicht verbunden."

Die Deutlichkeit, mit der er diese Sätze betont hatte, ließ keinen Widerspruch zu. Dennoch hakte Ute nach: „Wusste Ihr Schwiegersohn von diesem Termin?"

„Sie werden doch wohl den Verdächtigen nicht innerhalb der Familie suchen?" kam die ungehaltene Antwort.

„Siebzig Prozent der Taten sind Beziehungstaten."

„Ich muss doch sehr bitten! Ich denke, dass wir unser Gespräch beenden können."

Ute dachte gar nicht daran, das Gespräch zu beenden, sondern überraschte ihn mit der Frage: „Wussten Sie etwas von Kontakten zu einem Möbeldiscounter?"

Er nahm die Brille ab und rieb sich das rechte Auge. Nachdem er die Brille wieder aufgesetzt hatte, schaute er sie verständnislos an. „Was meinen Sie mit Möbeldiscounter? Ihnen ist doch hoffentlich klar geworden, dass unser Firmenname Programm ist!"

Ute überging diese Bemerkung. „Ihre Tochter hatte sich per Mail mit einem Möbeldiscounter in Verbindung gesetzt und ihm angeboten, ab Ende nächsten Jahres in einem gewissen Umfang mit ihm zusammen zu arbeiten, und er war nicht abgeneigt."

Herrn Hochstätts Lippen wurden schmal wie ein Strich. „Das ist eine üble Behauptung."

Alex sprang ein: „Wir haben uns die Dateien Ihrer Tochter angeschaut und sind auf diesen Hinweis gestoßen. Dass das nicht in Ihrem Sinn sein kann, dachten wir uns schon."

„Und was wollen Sie nun damit sagen?"

Er antwortete mit der ihm eigenen Direktheit: „Es könnte durchaus ein Interesse bestehen, diesen Schritt zu unterbinden."

„Und dafür bringe ich meine eigene Tochter um?" Es folgte ein gekünsteltes Lachen. „Ist es das, was Sie übermitteln wollen? Ich schreibe diese Aussage Ihrer Jugend zu und bitte Sie, in Zukunft etwas genauer zu überlegen, wem Sie was unterstellen."

Ute entschied, dass es besser wäre, das Gespräch nun doch zu beenden, bedankte sich für die Zeit, die er sich genommen hatte und verließ mit Alex das Büro.

Im Flur sagte sie zu ihrem Kollegen: „Da hast du einen ordentlichen Vorstoß genommen! So direkt hätte ich es nicht formuliert, aber irgendwie müssen wir der Wahrheit ja auf den Grund kommen." Sie waren vor dem Büro von Simone stehengeblieben. „Vielleicht können wir uns ihr zum Mittagessen anschließen?"

Sie klopften und öffneten nach einem freundlichen „Herein!" Das schwarze Wollkleid, das Simone heute trug, unterstrich ihre perfekte Figur, ein orangefarbenes Halstuch nahm dem Kleid die Strenge. Sie lächelte die beiden verbindlich an. Auf dem Schreibtisch stand eine langstielige dunkelrote Rose in einer schlanken Glasvase. Simone verstand Utes fragenden Blick und antwortete: „Herr Dr. Böckelmann war so freundlich, mich für das Wochenende einzuladen, sein Haus am Genfer See anzuschauen, um das Möbelkonzept vor Ort zu überprüfen." Bevor einer der beiden etwas dazu sagen konnte, fügte sie an: „Ich bin gerade auf dem Weg in die Kantine. Darf ich Sie dorthin mitnehmen?"

Alex antwortete: „Sehr gerne, vielen Dank!“

Oben angekommen, informierten sie sich auf dem Speiseplan und traten dann ein. Ute war gespannt auf die „Kleinigkeit“, für die sich ihr Kollege entscheiden werde. Er nahm zwei Pfannkuchen mit reichlich Blumenkohl, sie wählte ein asiatisches Reisgericht. Sie folgten Simone an einen freien Tisch.

Im Plauderton fragte Ute: „Sie haben in der nächsten Zeit bestimmt sehr viel zu tun, jetzt, wo Ihre Kollegin nicht mehr da ist.“

In ähnlich lockerem Ton erwiderte Simone: „Auch nicht mehr als früher! Nicole war nicht nur eine Hilfe, in mancher Hinsicht werden verschiedene Dinge ohne sie leichter zu entscheiden und zu regeln sein. Außerdem hoffe ich ja, dass Natalie eine Chance hat, wieder eingestellt zu werden, gerade auch im Blick auf die anstehenden Messen.“

Alex konzentrierte sich auf seinen Pfannkuchen, als er fragte: „Wie ist denn Ihr Verhältnis zu Herrn Karcher?“

Die Antwort kam in ruhigem Ton: „Er ist ein angenehmer Chef, mit dem ich sehr gerne zusammenarbeite.“ Sie tupfte ihren Mund mit einer Serviette ab, nahm einen Schluck Wasser und war nicht unglücklich darüber, dass gerade eine Mitarbeiterin fragte, ob sie sich zu ihnen setzen dürfe. Damit war das Gespräch beendet.

Nach dem Essen tranken sie noch einen Espresso und warteten, bis sich die Kantine geleert hatte. Schließlich wandten sich die beiden Kommissare zu der Tür, die zur angrenzenden Küche führte und sprachen die Frau an, die dabei war, Reste in Plastikdosen zu füllen und die verschiedenen Behälter in großen Styroporboxen zu stapeln.

„Frau Roth?“

Die Angesprochene schaute von ihrer Arbeit auf und nickte ihnen mit einem fragenden Blick zu. Sie wirkte angespannt und abweisend.

„Ich bin Ute Becker, das ist mein Kollege Alex Weingärtner. Wir sind von der Kriminalpolizei und ermitteln im Todesfall von Nicole Hochstätt-Karcher. Hätten Sie ein paar Minuten Zeit für uns?“

Frau Roth schloss die Box, die sie gerade gefüllt hatte, wischte die Hände an ihrer langen weißen Schürze ab und zeigte unwillig auf einen Tisch mit vier Stühlen in einer Ecke des Raumes. Sie folgten ihr und nahmen Platz. Alex fragte, wie sie das Essen mengenmäßig kalkuliere, da ja alles angeliefert werde.

Ein Lächeln entspannte das Gesicht für einen Augenblick. „Das sind Erfahrungswerte. So eine Belegschaft ist im Allgemeinen gut berechenbar, mit der Zeit kennt man die Gewohnheiten der Einzelnen ganz gut.“

„Man weiß auch genau, wer gerne Süßes isst!“

Ihr fragender Blick zeigte, dass sie die Andeutung nicht verstanden hatte.

Ute erklärte: „Mein Kollege meint, dass Sie bestimmt genau wissen, wer sich bei Frau Thielmanns Pralinen bedient.“

„Ach so, ja da habe ich schon eine Übersicht, obwohl da auch mal Dinge passieren, mit denen man nicht gerechnet hat. Am Montag hat beispielsweise Frau Zieger ein paar Pralinen mitgenommen, obwohl sie immer wieder behauptet, dass sie sich aus Süßem nichts mache. Aber vielleicht wollte sie jemandem damit eine Freude machen.“

Diese Information wurde in Utes Notizbuch festgehalten. „Wie müssen wir uns das mit den Pralinen vorstellen? Und wie kommt es überhaupt, dass es dieses Angebot hier gibt?“

Frau Roths Stimme nahm einen abschätzigen Ton an: „Frau Thielmann arbeitet schon ewig hier und wollte vor Jahren mal Herrn Hochstätt eine besondere Freude machen und hat ihm ein paar selbstgemachte Pralinen mitgebracht. Sie verehrt ihren Chef, das weiß hier so ziemlich jeder außer ihm. Da sie nur für die Firma lebt, hat sie angeboten, regelmäßig eine Portion mitzubringen und so hat es sich irgendwann eingeschlichen. Sie hat sonst wohl kein Hobby, und mit den Pralinen erhält sie eine Anerkennung, die sie sonst vielleicht nicht bekommen würde. Wenn sie in Rente geht, fällt sie bestimmt in ein Loch."

„Hat Frau Thielmann Zugang zu diesem Bereich hier, oder woher weiß sie, ob sie neue liefern soll?"

„Sie bereitet die Pralinen am Wochenende zu und bringt montags immer eine größere Menge in einer edlen Dose, die sie mir hier vor der Tür abstellt und die ich dann in einem Fach lagere. Wenn ich mich nicht bei ihr melde, dass es eng wird, bringt sie von sich aus während der Woche Nachschub."

Ute stutzte: „Heißt das, dass jeder an die Pralinen herankommt, wenn er frühzeitig hier auftaucht?"

„Ja, warum auch nicht? Meinen Sie, dass jemand welche mitnimmt, ohne sie zu bezahlen?" Sie wiegte den Kopf ein wenig. „Das kann ich mir eigentlich nicht vorstellen."

„Immerhin gab es eine Tote, die höchstwahrscheinlich durch diese Pralinen umgekommen ist." Ute ließ die Worte wirken und wollte gerade weitersprechen, als ihr Frau Roth zuvorkam: „Das ist mir jetzt neu, aber da brauche ich nicht lange nachzudenken: da hat die Sekretärin ihrem Chef im Blick auf die Firma einen großen Dienst erwiesen. Wie er es privat verkraftet, weiß ich nicht."

Die Kommissarin überging den Einwurf. „*Ihre* Beziehung zu Nicole Hochstätt-Karcher war in der letzten Zeit bestimmt auch nicht gerade entspannt. Wir haben davon gehört, dass sie sich für Ihren Mann interessiert hat."

Frau Roth verschränkte die Arme vor ihrer Brust und schwieg. Mit einer gewissen Bitterkeit sagte sie: „Ja, darüber wird gesprochen. Haben Sie eine Vorstellung, wie ich mir dabei vorkomme?" Sie schaute Ute direkt in die Augen. „Ein Großteil der Belegschaft betrachtet mich mit diesem mitleidigen Blick, der zu verstehen gibt, dass man Bescheid weiß und angeblich Mitgefühl hat."

Wie oft schon war Ute in ähnlichen Situationen froh, sich als Single nicht mit solchen Geschichten herumschlagen zu müssen. „Erzählen Sie uns doch mal, wie es aus Ihrer Sicht begonnen hat."

Ein kurzes Räuspern. „Bei unserem Sommerfest haben beide zu viel getrunken und lagen sich plötzlich in den Armen. Ich fand das Ganze nur peinlich, dachte aber, dass es ein Ausrutscher sei, dem man keine Bedeutung beimessen muss. Wir waren fast alle ein bisschen angeheitert." Nachdenklich betrachtete sie den Fußboden. „Mein Mann hat sich außerordentliche Mühe gegeben, sich nichts anmerken zu lassen, aber mit der Zeit wird man doch hellhörig. Es fallen einem Dinge auf, denen man sonst gar keine Bedeutung beigemessen hätte."

Da sie nicht weitersprach, fragte Ute: „An was denken Sie da zum Beispiel?"

„An einen Duft in seiner Kleidung oder an dienstliche Verpflichtungen montags, obwohl das sonst sein freier Tag war, wenn nicht gerade eine neue Ausstellung vorbereitet werden musste. Wenn sich so etwas häuft, kann man es schlecht übersehen."

„Wie sind Sie damit umgegangen?"

Frau Roth schlug die Beine übereinander. „Ich habe mir gesagt, dass ich auf Zeit spielen muss: entweder Herr Karcher kämpft um seine Ehe, oder seine Frau betrachtet das Ganze als kleine Affäre, sozusagen als Belebung des Alltags und verliert schließlich das Interesse wieder. Leider hat es sich so nicht verhalten."

Ute schaute sie aufmerksam an. „Nun hat sich das Problem ja auf ganz andere Art gelöst." Sie ließ den Satz einen Moment wirken, bevor sie fortfuhr: „Sie brauchen nicht allzu viel Krimierfahrung, um zu ahnen, dass Sie auch zum Kreis der Verdächtigen gehören. Sie haben ein Motiv, haben ungestörten Zugang zu den Pralinen, bevor die ersten Gäste kommen."

Kalte Augen trafen Ute. „Sie meinen, ich…? Natürlich habe ich auch mal gesagt: ‚ich könnte ihr Gift geben', aber das sagt man halt so dahin, das ist ja nicht ernst gemeint."

„Wie hat denn Ihr Mann auf den Tod von Nicole reagiert?"

Die Antwort überraschte Ute: „Ich bin mir gar nicht sicher, ob er es überhaupt schon weiß. Ich habe es ihm jedenfalls nicht erzählt." Ihr Blick fiel auf die Styroporboxen, die noch auf dem Tisch standen. „Ich muss jetzt wieder an meine Arbeit zurück. Die Boxen müssen noch zurückgefahren werden. Ich nehme sie immer auf dem Heimweg mit."

Die Kommissare standen auf, Ute hängte sich ihren Rucksack über die Schulter und betrachtete Frau Roth noch einmal eingehend, bevor sie sich verabschiedeten.

****

Inzwischen regnete es heftig und der Sturm zerrte an Utes Schirm, so dass sie ihn mit beiden Händen festhalten musste. Im Auto schüttelte sie sich etwas: „Ein ungemütliches Wetter, ich überlege direkt, ob ich zu Hause die Heizperiode beginnen soll."

„Ja, ganz so krass bräuchte ich es auch nicht.“ räumte Alex ein. Nach dem Start sagte er: „Viel übersichtlicher erscheint mir unsere Lage jetzt auch nicht, oder siehst du das anders?“

Ein Seufzen: „Nein, im Gegenteil, es kamen noch ein paar überlegenswerte Neuigkeiten dazu. Ein Wochenende am Genfer See beispielsweise. Wie findest du das?“

„Ich habe mich gefragt, wer ihr eigentlich nähersteht: dieser Böckelmann oder ihr Chef. Die Rose hat mich einigermaßen irritiert und eine Einladung unmittelbar nach dem Tod der Kollegin… Ob da ein Zusammenhang besteht? Und wenn man bedenkt, dass uns Frau Roth gerade gesagt hat, dass Simone Pralinen mitgenommen hat, verdichtet sich da schon etwas ganz heftig.“

„Von Trauer oder zumindest Betroffenheit ist auch nicht viel festzustellen. Natürlich war Nicole in gewisser Weise Konkurrentin, aber dass sie so locker darüber hinweggeht, erstaunt mich schon.“ Nach kurzem Zögern ergänzte sie: „Glaubst du, dass Herr Hochstätt wirklich nichts vom Discounter gewusst hat? Ich kann mir nicht vorstellen, dass eine solche Anfrage auf längere Zeit unter der Decke gehalten werden kann.“

Inzwischen waren sie losgefahren. „Ich werde das heute Abend nochmal mit Herrn Eberhard besprechen. Ich bin richtig froh, dass er in unser Haus gezogen ist. Er ist für mich so etwas wie ein Mentor geworden, zumal er als Pfarrer weiß, was Schweigepflicht heißt und ich da nicht befürchten muss, dass er etwas weitergibt. Außerdem hat er mit seiner Außensicht manchmal ganz hilfreiche Fragen. Und du vergnügst dich derweil an deinem digitalen Abendessen.“ Ein spöttischer Unterton war nicht zu überhören, aber Alex ging nicht darauf ein.

„Soll ich dich gleich in Rüppurr absetzen, wenn wir schon durchfahren?“

„Das wäre mir bei diesem Sauwetter nicht unrecht!“ Während der Fahrt rief Ute beim Staatsanwalt an, erklärte in kurzen Sätzen die Lage und bat ihn, sich um eine richterliche Verfügung zu bemühen, damit sie Einblick in das Testament nehmen können. Er versprach, sich mit dem Richter in Verbindung zu setzen und am nächsten Tag Bescheid zu geben.

Inzwischen waren sie in Rüppurr angekommen, und Alex ließ seine Kollegin direkt vor ihrer Haustür aussteigen – beide wünschten sich gegenseitig einen schönen Abend.

Als Ute ihre Mails durchschaute, entdeckte sie, dass Thea für die morgige Krimilesung in der „Gurke“ absagte, weil sie unerwartet Besuch bekomme. Schade, beide hatten sich sehr darauf gefreut – Ute war sich nicht sicher, ob sie sich alleine dazu aufraffen würde.

Nach den Nachrichten läutete sie bei Herrn Eberhard, der unmittelbar darauf öffnete und sie hereinbat. Es war angenehm warm in der Wohnung. „Ein Gläschen Rotwein?“

„Sehr gerne, danke!“ Sie gingen ins Wohnzimmer. Ute nahm auf dem gemütlichen dunkelblauen Sofa Platz und schlug ihr Notizbuch auf. Sie bewunderte den gutgewachsenen Ficus benjamini. „Ihre Frau hat wohl den berühmten grünen Daumen?“

„Sie werden es nicht für möglich halten, aber um die Pflanzen kümmere *ich* mich!“ Herr Eberhard setzte sich ihr gegenüber und schaute sie erwartungsvoll an. „Na, wie kommen Sie voran? Ich bin gespannt, wem Sie dieses Mal auf der Spur sind!“

„Das Ganze ist noch ziemlich undurchsichtig. Unser Opfer heißt Nicole und ist die Tochter des Besitzers einer Möbelfirma. Sie wurde vergiftet, das heißt: ganz so einfach ist es auch wieder nicht. Sie hat ein paar Pralinen gegessen, die in ihrem Büro standen und vermutlich mit einem starken Schlafmittel präpariert waren. Unmittelbar danach ist sie mit dem Auto losgefahren – und an einem Baum gelandet."

Der Nachbar runzelte die Stirn: „Sie meinen, wenn sie nicht losgefahren wäre, hätte sie vielleicht nur ein kräftiges Mittagsschläfchen gemacht?"

„Sie nahm momentan auch ein Medikament zur Muskelentspannung, das dieses Schlafmittel potenzierte. Ob das allerdings der Täter wusste, sei dahingestellt, aber im Ergebnis heißt es, dass das Ganze auch ohne Unfall tödlich geendet hätte."

„Spricht Gift erfahrungsgemäß nicht eher für eine *Täterin*?"

Ute schmunzelte: „Grundsätzlich haben Sie recht, aber Männer sind ja auch lernfähig. Vielleicht sollte es den Verdacht bewusst in diese Richtung lenken. Aber ich muss zugeben: wir haben eine ganze Reihe Frauen auf unserer Verdächtigenliste!" Sie nahm einen Schluck Wein und sagte genießerisch: „Da haben Sie sich mal wieder als Weinkenner geoutet!"

Herr Eberhard freute sich, dass die Nachbarin seinen Weingeschmack teilte und antwortete: „Man muss einem solchen Gespräch den richtigen Rahmen geben!"

Sie griff den Faden auf: „In einem solchen Rahmen bewege ich mich gerne. Aber zurück zu unseren Verdächtigen: da ist zunächst ihre Kollegin Simone, die Nicole als Konkurrenz betrachtet hat. Außerdem hofft sie, dass eine ehemalige Kollegin, mit der sie früher sehr gerne zusammengearbeitet hat, wieder eingestellt wird, aber es gab momentan keine freie Stelle. *Jetzt* gibt es eine, das heißt: für Simone wurden zwei Fliegen mit einer Klappe erschlagen. Außerdem scheint ein wichtiger Kunde mit ihr anzubandeln. Ob da vorher Nicole im Weg war, erschließt sich nicht so recht. Und auch ihr Chef, Nicoles Ehemann, scheint ihr nicht unsympathisch zu sein." Wieder trank sie einen Schluck Wein, bevor sie fortfuhr: „Wir haben auch eine eifersüchtige Ehefrau", Ute schaute in ihrem Notizbuch nach dem Vornamen, „Lena, die Betreiberin der Firmenkantine. Ihr Mann hat sich beim betrieblichen Sommerfest nach Alkoholgenuss in Nicoles Arme geworfen und blieb dort offensichtlich hängen."

Herr Eberhard unterbrach: „Arbeitet er auch in der Firma?"

„Nein, er ist in der Staatlichen Kunsthalle angestellt."

„Ein schöner Arbeitsplatz! Wenn ich nur an die Ausstellung mit Werken von Camille Corot denke…, das war ein echter Kunstgenuss!" Sein Gesicht bekam einen weichen Ausdruck.

Ute riss ihn in die Wirklichkeit zurück. „Leider scheint ihm die Kunst auf der Leinwand nicht zu genügen, sondern er ist auch für andere Reize aufgeschlossen, was seine Frau natürlich nicht begeistert. Bei ihr werden übrigens die Pralinen abgegeben, so dass sie alle Zeit der Welt hätte, um einige davon zu präparieren. Da fällt mir gerade noch ein, dass sie erwähnt hat, dass sich Simone am Montag auch welche mitgenommen hat, obwohl sie sich eigentlich gar nichts aus Süßem macht. Da stellt sich auch die Frage: für wen nimmt sie dann Pralinen mit?"

„Sie halten sie wohl für besonders verdächtig, oder?"

„Bei ihr laufen einige Fäden zusammen, aber ich bin noch nicht am Ende mit meiner Liste: die Sekretärin des Seniorchefs konnte nicht mit ansehen, wie seine Tochter der Firma schadete, beispielsweise mit ihrem Ausrutscher in Richtung Kunsthalle. Er stand dem Ganzen völlig machtlos gegenüber, weil er sie von Kindesbeinen an verzogen und verhätschelt hatte. Und nun kommt es: die Sekretärin ist diejenige, die die Pralinen herstellt und ab und zu auch welche in Nicoles Büro vorbeibringt. Lena wollte den Verdacht sofort auf sie lenken."

„Aber soweit wird die Liebe zur Firma nicht gehen, dass die Sekretärin zu einem Mord bereit ist."

„Zur Firma nicht, aber sie fühlt sich dem Chef *sehr* verbunden."

Nachdenklich stützte Herr Eberhard das Kinn in die Hand: „Das hört sich gar nicht gut an! Und wie sieht es mit dem Ehemann von Nicole aus? Der hätte ja das gleiche Motiv wie die geprellte Kantinenfrau."

Ute nickte. „Ingo, er ist auch derjenige, der am ehesten Bescheid weiß bezüglich der Medikamente, die seine Frau genommen hat. Aus einer Bemerkung seines Sohnes ging hervor, dass der Familienfrieden deutlich gestört war. Außerdem hatte sein Schwiegervater vor, das Testament zu überdenken. Ob Ingo davon etwas wusste, ist uns nicht bekannt, aber es hätte ihn unter Umständen betreffen können."

„Wissen Sie denn, was im jetzigen Testament steht?"

Ute klappte ihr Buch zu. „Dafür brauchen wir eine richterliche Verfügung, aber die werden wir hoffentlich morgen haben. Ich bin gespannt, ob uns das etwas weiterbringt. Im Moment fischen wir eher noch im Trüben. Eine weitere Sache ist, dass Nicole mit einem Möbeldiscounter Kontakt aufgenommen hat und das wiederum kann weder ihrem Vater noch ihrem Ehemann gefallen, denn das ist völlig konträr zum Firmenkonzept."

„Hm. Wenn ich mich festlegen müsste, wer für mich der oder die Hauptverdächtige ist, müsste ich passen. Sie werden mich auf dem Laufenden halten. Sie wissen ja, dass ich schon aus Berufsgründen an den Schicksalen von Menschen interessiert bin und auch die Abgründe sind mir während meiner Amtszeit nicht verborgen geblieben. Darf ich Ihnen noch etwas Wein nachschenken?“

„Vielleicht ein kleines Schlückchen, als Betthupferl sozusagen.“

Bald darauf verabschiedeten sie sich, und Ute ging zurück in ihre Wohnung.

Freitag

Mitten auf Utes Schreibtisch lag eine Ingwerwurzel, daneben ein Notizblatt: „Wenn Mörder feine Fäden spinnen – Ingwerwasser wärmt von innen!“ Thomas aus der EDV hatte mit seinem Namen und einem Smiley unterschrieben. Gerade heute hatte sich Ute für einen Rollkragenpulli entschieden, weil es ihr merklich kühler schien als in den vergangenen Tagen. Vergnügt brachte sie die Wurzel Frau Stiegelmaier, die versprach, ihr ein Ingwerwasser zuzubereiten.

„Hat sich der Staatsanwalt schon gemeldet wegen der richterlichen Verfügung für die Kanzlei von Herrn Hochstätt?“

Mit ihrer schrillen Stimme, die Ute vor allem morgens besonders unangenehm empfand, antwortete die Sekretärin: „Ja, seine Sekretärin hat sie vorhin zugefaxt. Soll ich einen Termin in der Kanzlei vereinbaren?“

Ute bat darum und zog sich wieder in ihr Büro zurück, das kurz darauf auch Alex betrat. Er wirkte entspannt und zufrieden.

„Dein digitales Date scheint ein Erfolg gewesen zu sein.“

Ein Lächeln und fast unmerkliches Nicken ersetzten eine Antwort. „Wie sieht unser Tagesplan aus?“

„Frau Stiegelmaier bemüht sich um einen Termin bei Dr. Lautenschläger, außerdem würde mich die Mutter von Nicole interessieren. Vielleicht können wir das miteinander kombinieren."

„Ich bin zu allem bereit." Alex hatte seinen PC hochgefahren, öffnete sein Mailprogramm und begann zu lesen. Hin und wieder brummelte er etwas vor sich hin. Sein Smartphone meldete sich, er nahm es und stutzte: „Eine SMS vom Banker!"

Ute war irritiert: „Von was für einem Banker?"

Ihr Kollege schaute wie erstarrt auf sein Display.

„Hallo, ich fragte, um was für einen Banker es sich handelt."

Jede Farbe war aus seinem Gesicht gewichen, als Alex antwortete: „Der mir Bea ausgespannt hat."

„Jetzt lass dir doch nicht jeden Wurm aus der Nase ziehen – was schreibt dir dieser Banker?"

„Heute wird Bea im Überlinger Krankenhaus operiert, ein bösartiger Tumor im Unterleib."

Das hatte gerade noch gefehlt! So wie er aussah, schien ihn diese Information mehr mitzunehmen, als sie erwartet hätte, nachdem sich seine Beziehung zu Gabi inzwischen gefestigt zu haben schien. Vorsichtig fragte sie: „Und was heißt das nun für dich?"

Er warf ihr einen hilflosen Blick zu: „Am liebsten würde ich mich direkt ins Auto setzen und hinfahren. Es wird ja einen Grund geben, warum der Typ mich informiert hat. Vielleicht braucht sie mich in dieser Situation?"

„Langsam, langsam! Heute hätte das überhaupt keinen Sinn, wenn sie gerade erst operiert wird. Und ob sie das will, steht auch nicht fest. Schließlich war *sie* es, die dich verlassen hat und nicht umgekehrt. Außerdem: wie würde das Gabi finden? Kommt sie nicht am Wochenende?"

„Gabi würde das bestimmt verstehen. Mit heute, hm, das stimmt, aber morgen oder übermorgen? Würdest du eventuell…? Ich meine wegen der Rückfahrt – ich weiß ja nicht, wie einen so etwas mitnimmt.“

Sie schaute ihn überrascht an und sagte ganz pragmatisch: „Jetzt warten wir erst mal diesen Tag ab, heute Abend oder morgen kannst du mit ihr telefonieren, und dann sehen wir weiter. Im Moment kannst du ihr nicht helfen, also lenkst du dich am besten mit Arbeit ab.“

Während sie sprach, hatte er seine Schneekugel mit dem Kölner Dom geschüttelt und schaute den kleinen Flöckchen zu, die auf den Boden der Kugel fielen. „Wahrscheinlich hast du wie immer recht. Aber mal angenommen, ich wollte am Sonntag fahren, würdest du mich begleiten? Gabi kann ich schließlich nicht zu meiner Ex mitnehmen.“

„Lass es uns abwarten. Wenn Bea dich wirklich sehen will und sich das Wetter bessert, ist ein Tag am Bodensee keine Strafe für mich, darüber könnten wir im Gespräch bleiben.“

In diesem Moment trat nach einem kurzen Klopfen Frau Stiegelmaier ein, stutzte zunächst wegen der sichtlichen Anspannung von Herrn Weingärtner, sagte dann aber vorsichtig: „Um 10.40 Uhr erwartet Sie Dr. Lautenschläger.“

Ute nickte ihr zu und bedankte sich. „Dann haben wir vorher noch Zeit für einen Abstecher zu Nicoles Mutter, auf!“

Ein letztes Schneegestöber in der Kugel und Alex war bereit. Sie fuhren eine Weile schweigend, bis es aus ihm herausbrach: „Und wenn sie dieser Banker nicht versteht? Jetzt wohnt sie in diesem Sipplingen da unten und ist womöglich ganz alleine. Vielleicht merkt sie erst in so einer Situation, was sie an mir hatte!“

Beschwichtigend antwortete seine Kollegin: „Keine voreiligen Schlüsse! Das sollte dich dein Beruf lehren. Außerdem könntest du an Gabi denken, die wirst du hoffentlich nicht wie eine heiße Kartoffel fallenlassen."

Ein Seufzer: „Du hast leicht reden mit deinem neutralen Liebesleben! Wie du das aushältst, ist mir ein Rätsel. Hat es dich eigentlich noch nie erwischt?"

Ute lächelte, als sie antwortete: „Ganz so neutral bin ich nun auch wieder nicht! In meiner Schulzeit war ich unsterblich in einen Jungen aus der Parallelklasse verliebt, aber nach dem Abitur haben sich unsere Wege getrennt, und wir haben uns dann auch aus den Augen verloren." Sie hielt inne und dachte an eine längst vergangene Zeit. „In der Ausbildung gab es einen Streifenpolizisten, mit dem ich sehr gerne im Außendienst unterwegs war, aber irgendwann habe ich festgestellt, dass ich sehr gut alleine zurechtkomme und mir eine Menge Ärger erspare."

„Im Außendienst, soso…"

Sie waren im Märchenviertel angekommen und hatten vor Ingos Haus geparkt. Als sie auf das Öffnen der Haustür warteten, fiel Ute im Nachbargarten ein Strauch Sonnenhut mit unterschiedlichen Blüten auf: einige Blätter leuchteten noch in kräftigem gelb, andere waren verblasst und von wieder anderen stand nur noch der nackte schwarze Kopf auf dem Stiel.

Frau Hauser bat sie herein ins Wohnzimmer und schaute nach Eleonore Mac Philly. Beide Kommissare waren erstaunt, als eine quirlige Dame mit karierter Hose und einem Pullover in einem warmen Orangeton, der in merkwürdigem Kontrast zu ihrem roten Haar stand, das Zimmer betrat. Lachfältchen um die Augen und ein offener Gesichtsausdruck gaben einen Hinweis auf ihr Temperament. Sie ging direkt auf sie zu, schüttelte ihnen die Hand und stellte sich vor. Ute drückte ihr Beileid aus, was Eleonore dankend aufnahm und fragte, was sie sonst zu ihr führe.

Ute begann vorsichtig: „Wie Sie wissen, stecken wir in den Ermittlungen des Todes Ihrer Tochter. Es könnte sein, dass Ihnen, die Sie längere Zeit nicht vor Ort waren, völlig andere Dinge auffallen als den hier Betroffenen."

„Sie werden es nicht für möglich halten, aber mir fielen tatsächlich ganz andere Dinge auf, denn ich habe begonnen, die Sachen von Nicole ein wenig durchzuschauen. Schließlich will ich als Mutter auch wissen, ob es etwas gibt, was sie besonders umgetrieben hat in der letzten Zeit, oder ob ich davon ausgehen kann, dass sie als glücklicher Mensch gestorben ist." Ihre Stimme hatte einen warmen Klang. Sie beugte sich etwas nach vorne. „Ich habe ein Skizzenbuch gefunden mit einigen Entwürfen, aber sie hat auch kurze Einträge gemacht, beispielsweise ‚Er inspiriert mich', ‚Ich bin seine Muse' und ähnliche Dinge. Gestolpert bin ich über ‚Simone und Ingo?', daneben hat sie ein Herz in verschiedenen Grautönen skizziert." Sie zögerte einen Moment. „Ich weiß nicht, wer Simone ist und hatte auch noch keine Gelegenheit, Ingo danach zu fragen. Er ist gerade in einer Ausnahmesituation. Das Ganze nimmt ihn verständlicherweise sehr mit."

Alex erklärte, dass Simone eine Kollegin ihrer Tochter sei, worauf Eleonore die Augenbrauen in die Höhe zog und nachdenklich nickte. „Die Kinder sind auch ziemlich durcheinander, wobei sich Philipp natürlich wehren würde, wenn er hörte, dass ich ihn noch als Kind bezeichne. Bei ihm habe ich fast den Eindruck, dass er die Tat seinem Vater zutrauen würde."

„Und würden Sie das auch?"

Sie zuckte mit den Schultern. „Ich bin da sehr realistisch: wer weiß schon, was im anderen vorgeht und wozu er fähig ist. Dennoch kann ich mir nicht vorstellen, dass Ingo zu so einer Tat fähig wäre. Er war mir von Anfang an sehr sympathisch, und ich habe mich für Nicole gefreut, dass sie eine solche Beziehung gefunden hatte. Er hat ihrem Leben Stabilität und Sicherheit gegeben, und die beiden waren auch viele Jahre sehr glücklich. Aber in meiner Tochter steckte auch ein gewisser Freiheitsdrang.“ Ein Schmunzeln umspielte ihre Lippen. „Sie haben vermutlich gehört, dass ich mich von meinem Mann getrennt habe und nun in Irland mit einem jüngeren Partner zusammenlebe. Dieses Gen hatte Nicole offensichtlich auch, sie konnte nicht immer in genormten Bahnen laufen.“ Sie senkte den Kopf, blickte dann aber wieder auf. „Dass das allerdings so endet, tut mir unendlich leid.“ Sie schlug ihre Beine übereinander und lehnte sich zurück, als ob alles gesagt sei.

Ute spürte, dass sie sich nicht weiter über ihren Schwiegersohn äußern würde, packte ihr Notizbuch in den Rucksack und stand auf. Frau Mac Philly wirkte nicht unglücklich darüber, dass das Gespräch beendet war, erhob sich ebenfalls, brachte die beiden noch zur Tür und verabschiedete sich von ihnen.

****

„Wie lange so eine Operation wohl geht? Was meinst du, wann ich frühestens anrufen kann?“

„Alex, ich verstehe dich ja, aber es hat wirklich keinen Sinn, wenn du dich jetzt verrückt machst. Das hilft niemandem. Vor heute Abend brauchst du gar nicht an einen Anruf zu denken, schließlich wird sie durch die Narkose hinterher noch müde sein – da kann sie keinen Anruf gebrauchen.“ Sie schaute auf ihre Armbanduhr. „Außerdem wird es Zeit, dass wir uns zur Kanzlei aufmachen.“

Ein Seufzen vom Fahrersitz und die Fahrt begann. Kurz darauf parkten sie auf einem für Klienten reservierten Platz und betraten nach wenigen Schritten die Kanzlei. Ute schaute sich um und dachte, dass sie die Einrichtung, samt Atmosphäre mit zwei Worten beschreiben könnte: deutsche Eiche. Sie legte die richterliche Verfügung vor, worauf die Frau am Empfang sie bat, kurz Platz zu nehmen. Die beiden Kommissare hängten ihre Jacken in der Garderobe auf. Es dauerte keine fünf Minuten, bis sie ins Büro des Anwalts gebeten wurden.

Hinter seinem wuchtigen Schreibtisch erhob sich ein älterer Herr mit einem auffälligen Doppelkinn, deutlichen Geheimratsecken und etwas behäbiger Figur. Er hinkte leicht, als er auf die beiden zuging, um sie zu begrüßen.

„Sie kommen wegen des Testaments von Herrn Hochstätt. Es wirkt fast wie eine Ironie des Schicksals, dass Sie den Termin wahrnehmen können, der just für heute anberaumt war, um dieses Testament gemeinsam zu überdenken und eventuell zu überarbeiten."

Er hatte wieder hinter seinem Schreibtisch Platz genommen und bat sie, sich auf die beiden Stühle, die davor standen, zu setzen. Das Testament lag bereit. Er überflog es kurz und reichte es Ute, die es so hielt, dass auch Alex gut mitlesen konnte. Nachdem sie es gelesen hatten, legte sie es vor sich ab.

Dr. Lautenschläger kam ihr zuvor: „Die Passage, die Sie interessieren wird, ist die, in der es um Herrn Hochstätts Tochter Nicole geht. Er hat verfügt, dass die Firma in ihren Besitz übergeht und ihr Mann die Stellung als Firmenchef erhält oder beibehält." Er blickte auf und ergänzte erklärend: „Das Ganze ist ja abhängig vom Tod des Erblassers.

Würde Herr Hochstätt plötzlich sterben, müsste Herr Karcher in die Position gehoben werden, stirbt er erst nach Beginn des Ruhestandes, sieht es völlig anders aus."

Alex stellte die Frage, die sich aufdrängte: „Und wenn der Ehemann keine Ahnung von der Firma hat? Im Moment sieht ja alles gut aus, da Herr Karcher der perfekte Schwiegersohn und der erwünschte Nachfolger für Herrn Hochstätt ist, aber wenn sich Nicole von ihm getrennt hätte? Nehmen wir mal an, sie hätte diesen Menschen aus der Kunsthalle geheiratet? Der hat doch nicht im gleichen Maß Ahnung von Möbeln!"

Der Anwalt räusperte sich, die Situation war ihm sichtlich unangenehm. „Das eben war der Punkt, über den wir uns miteinander unterhalten wollten, da sich gewisse Fragezeichen bezüglich der Stabilität von Nicoles Ehe ergeben hatten. Herr Hochstätt wollte wissen, wie bindend diese Aussage im Blick auf ein Scheitern der Ehe wäre. Ich hatte ihm schon damals von dieser Formulierung abgeraten, aber er hält klare Familienlinien in hohen Ehren, obwohl er selbst auch eines besseren belehrt wurde. Ich sage es ungern, da ich aus der gleichen Generation komme wie er, aber in diesem Punkt ist er ein wenig altmodisch."

„Und da jetzt die Nachfolgeregelung zur Zufriedenheit geklärt ist, bedarf es keiner Testamentsänderung mehr?"

Mit dieser Aussage schien das Gegenüber Mühe zu haben. „Die Formulierung ist etwas schroff, aber aus juristischer Sicht haben Sie natürlich recht."

Ute hakte nach: „Und an wen geht nun die Firma?"

Dr. Lautenschläger hüstelte. „An den Schwiegersohn."

„Wenn wir es wieder etwas schroff auf den Punkt bringen wollen: der Tod seiner Frau hat gewisse Vorteile für ihn."

„Ich kann Ihnen nicht widersprechen, wobei wir das Testament ohnehin so überdenken wollten, dass Herr Karcher seine Stellung behält, auch wenn sich Nicole von ihm getrennt hätte."

„Wer kannte den Inhalt des Testamentes?"

Diese Frage war vergleichsweise unverfänglich. „Ich weiß nicht, mit wem Herr Hochstätt darüber gesprochen hat."

„Hat Herr Hochstätt den Termin der Überarbeitung ganz abgesagt oder nur vorübergehend storniert wegen der aktuellen Umstände?"

Die Miene des Anwalts nahm eine professionelle Distanz an. „Er informierte darüber, dass er den Termin im Moment nicht wahrnehmen könne, wofür ich vollstes Verständnis habe."

Ute wechselte einen kurzen Blick mit Alex, der ihr zunickte.

„Dann danke ich Ihnen, dass Sie sich die Zeit genommen haben. Sollten noch Fragen unsererseits auftauchen, kämen wir noch einmal auf Sie zurück."

„Sehr gerne." Die Worte wirkten nicht unbedingt herzlich.

Sie verabschiedeten sich, gingen zur Garderobe und verließen dann die Kanzlei.

****

Alex sprach aus, was Ute dachte: „Es sieht nicht gut aus für Herrn Karcher!"

Sie räumte ein: „Wenn er vom Inhalt des Testaments wusste, war ihm aber vielleicht auch bekannt, dass es eine Änderung hätte geben sollen zu seinen Gunsten. Dann hat er keinen Grund, sie umzubringen, denn warum sollte er sich die Hände schmutzig machen, wenn es eine elegantere Lösung gibt?“ Nach kurzem Nachdenken ergänzte sie: „Nein, ich glaube nicht, dass er es war, oder zumindest nicht wegen des Testaments.“

Ganz der Chauffeur fragte Alex mit charmantem Ton: „Und wohin darf ich dich jetzt bringen?“

Ute schmunzelte: „Zu unserer geliebten Büroarbeit. Es muss noch manches aufgearbeitet und verschriftet werden.“

****

Abends überlegte Ute, ob sie sich wirklich aufmachen solle zur Krimilesung, auf die sie sich so gefreut hatte. Wettermäßig sah es inzwischen ganz erträglich aus, es nieselte nur noch leicht. Sie überlegte: wenn sie selbst Autorin wäre, würde sie sich freuen, wenn sich die Zuhörer nicht vom Wetter abhalten ließen, also ging sie zur Haltestelle und fuhr mit der S1 in Richtung Stadt.

Die Bahn war erstaunlich voll und bot das übliche Bild: es wurde telefoniert – ein Mädchen hatte eine perfekte Mischung aus türkisch und badisch -, Musik gehört und die neuesten Mails gelesen. Einzelne Fahrgäste hielten ein Buch in der Hand. Immer wieder ertönte die Durchsage: „Überlassen Sie Ihren Sitzplatz mobilitätseingeschränkten Personen!“ Ute dachte: Karlsruhe, Stadt des Rechts – hier wird doch wirklich für alles gesorgt!

An der Haltestelle Mathystraße stieg sie aus, überquerte die Fahrbahn und lief das kurze Stück zur „Gurke“, bestellte im Lokal ein Glas Rotwein und ging dann in den Raum, in dem die Lesung stattfinden sollte. Gleich in der ersten Reihe nahm sie neben einem Ehepaar Platz. Als sie sah, dass die Frau ihr Weinglas auf dem Boden abstellte, hatte sie kein gutes Gefühl. Sie behielt recht: in einem unbedachten Moment stieß die Frau das Glas um, es zerbrach und der Wein floss auf den Boden.

Ute sagte: „Wenn das jetzt ein trockener Wein wäre…“

Die Nachbarin antwortete schlagfertig: „Dann könnte man ihn bequem mit einem Besen zusammenfegen.“ Die beiden lächelten, als der Ober mit einer Kehrschaufel und einem Tuch kam, um das Problem zu lösen. Danach konnte die Lesung beginnen – es wurde ein sehr unterhaltsamer und anregender Abend.

Samstag/Sonntag

Gegen elf Uhr rief Alex an, der mit seinen Nerven ziemlich am Ende angekommen zu sein schien. „Sie nimmt nicht ab, sie nimmt einfach nicht ab. Das kann sie doch nicht machen! Ich habe es auch bei der Stationsschwester versucht, aber die sagt eisern, dass sie mir keine Auskunft erteilen darf. Dass ich bei der Polizei arbeite, hat sie kein bisschen beeindruckt.“

Ute hatte schon befürchtet, dass sie überhaupt nicht zu Wort kommt. „Jetzt mach mal langsam. Die Erfahrung lehrt, dass alles immer auch ganz anders sein kann, als es sich vordergründig darstellt. Dass dir die Schwester keine Auskunft erteilen darf, weißt du ganz genau, dafür kannst du ihr keinen Vorwurf machen. Was Bea anbelangt, könnte es sein, dass sie einfach noch zu müde ist und alles ausblendet. Ich schlage vor, dass du es gegen Abend nochmal versuchst, und dann sehen wir weiter. Ist Gabi eigentlich bei dir?“

Es klang fast etwas kleinlaut: „Nein, ich habe ihr abgesagt. Das war, glaube ich, nicht besonders schlau, denn jetzt hänge ich alleine hier rum und bekomme gar nichts auf die

Reihe. Meinst du wirklich, dass ich bis abends warten soll? Könnten wir nicht doch schon heute…?“

Ihr Kollege tat ihr richtig leid: „Alex, es hat keinen Sinn, heute runterzufahren. Sie wurde erst gestern operiert, lass ihr noch ein wenig Zeit! Wenn sich am Abend nichts Neues ergibt, können wir gerne morgen losfahren, ich nehme mir nichts anderes vor. Der Wetterbericht hört sich auch vielversprechend an.“

Ein tiefes Seufzen war zu hören. „Also gut. Der Tag wird irgendwie vorbeigehen. Ich melde mich dann wieder – so um sieben Uhr? Ist das recht?“

„Ja, ich werde zu Hause sein. Hättest du Lust auf einen Abstecher in die Staatliche Kunsthalle? Wir könnten uns das Umfeld des Lovers anschauen.“

Eine ungläubige Färbung schwang in seiner Stimme: „Dich kann man nicht unterkriegen, oder? Du glaubst doch nicht im Ernst, dass ich mir ohne Not eine solche Art von Kunst reinziehe! *So* schlecht kann es mir gar nicht gehen. Nein, danke für das fürsorgliche Angebot, aber da musst du schon alleine hin, wenn du das willst. Ich melde mich wieder. Tschüss!“

„Mach’s gut! Tschüss.“ Nachdem sie aufgelegt hatte, fiel ihr plötzlich bei dem Gedanken an Kunst der Hinweis von Thomas auf die Datei mit den Urlaubsbildern ein. Sie fragte sich, was eine solche Datei auf dem dienstlichen Notebook zu suchen hatte. Sie könnte natürlich für Entspannung zwischendurch sorgen oder für wechselnde Bilder als Desktophintergrund. Aber vielleicht…? Da sie gerade nichts Besseres vorhatte, beschloss Ute, sich diese Bilder anzusehen.

****

Pünktlich um fünfzehn Uhr läutete Herr Hochstätt an der Haustür seines Schwiegersohnes. Eleonore öffnete. Er stutzte, als er sie sah: sie wirkte jünger als er sie in Erinnerung hatte.

„Lothar, komm herein, oder willst du hier Wurzeln schlagen?“

„Du siehst gut aus…“

Sie winkte ab: „Hör auf! Komplimente waren nie deine Stärke.“

Er trat ein und legte seinen Mantel in der Garderobe ab. Im Flur duftete es nach frischgebackenem Kuchen und Kaffee. Die Wohnzimmertür war offen, Ingo kam ihm langsam entgegen und lud ihn ein, am Esstisch Platz zu nehmen.

„Frau Hauser hat einen Apfelkuchen gebacken.“

Lothar war überrascht, mit welcher Selbstverständlichkeit Eleonore sich hier bewegte. Ihm erschien die Situation seltsam fremd, aber sie hatte schon immer gerne die Dinge in die Hand genommen.

Sie riss ihn aus seinen Gedanken: „Trinkst du den Kaffee immer noch schwarz?“

Er nickte und hielt ihr dann den Teller hin, als sie den Kuchen aufschnitt. „Wo sind die Kinder?“

„Sie wollten nicht dabei sein. Für sie ist das Ganze auch sehr schwierig, das kann ich verstehen.“

Einige Minuten war jeder mit sich selbst beschäftigt, bevor Eleonore begann: „Also, wir sind ja nicht zum Kaffeekränzchen beisammen. Ich war gestern beim Bestatter und habe einen Sarg und die entsprechende Ausstattung mit ihm besprochen – ich denke, dass ich in eurem Sinne gewählt habe. Beim Gärtner habe ich den Blumenschmuck und die Kränze bestellt.“

Lothar schlug mit der Faust auf den Tisch und sagte in lautem, vorwurfsvollen Ton: „Eleonore, unsere Tochter ist tot! Wenn die Polizei recht hat, ist sie einem Verbrechen zum Opfer gefallen, und du erzählst uns etwas über die Sargausstattung?“ Er lockerte die Krawatte, an seinem Hals waren rote Flecken zu sehen.

Seine Ex-Frau bemühte sich, nicht zurückzuschreien: „Ist es dir lieber, wenn wir überlegen, wer der Mörder gewesen sein könnte?“

Die beiden Männer schauten sie erschrocken an.

Sie wartete einen Moment, bevor sie Ingo fragte: „Mich würde beispielsweise interessieren, wer Simone ist und was es mit ihr auf sich hat?“

Ingo war wie vor den Kopf gestoßen. „Wie kommst du jetzt auf Simone? Meinst du etwa Simone Zieger? Sie ist eine Mitarbeiterin, die sich mit Nicole das Büro geteilt hat. Was hat sie mit dem allen zu tun? Willst du etwa ihr einen Mord in die Schuhe schieben?“

Eleonore stand auf, holte vom Couchtisch das Skizzenbuch, das sie unter einer Zeitschrift verdeckt hatte und legte es mit der entsprechenden Seite offen vor Ingo auf den Tisch. Er nahm es in die Hand und betrachtete irritiert die Skizze und die dazugehörende Notiz.

Lothar, der noch immer um seine Fassung rang, riss es ihm aus der Hand und schaute es an. „Was hat das zu bedeuten?“

Ingo blickte gehetzt vom einen zur anderen. „Ich habe keine Ahnung! Ihr kennt Nicole – ihr werdet doch aus einem solchen Satz keine Schlüsse ziehen!“ Seine Stimme kippte fast um.

„Ich weiß nicht, wem ich noch trauen kann. In meiner Firma läuft ein Mörder herum und wir wissen nicht, warum er diese schreckliche Tat begangen hat.“

Ingo hatte innerlich korrigiert ‚in *unserer* Firma' und erwiderte nun: „Das weiß ich auch nicht, aber ihr werdet ja wohl nicht allen Ernstes *mich* in Betracht ziehen."

Keiner hatte bemerkt, dass Philipp das Zimmer betreten hatte. „Ich würde es dir zutrauen! Ihr hattet in der letzten Zeit ganz schönen Stress miteinander. Und immer dieser vordergründige Familienzirkus! Du glaubst gar nicht, wie mir das auf den Geist geht, zum Kotzen ist das."

„Philipp, was fällt dir ein, so mit deinem Vater zu reden?" Lothar war sichtlich erschüttert über diesen Auftritt.

„Ihr könnt mich alle mal! Du hättest wahrscheinlich auch ein Motiv, und für deine Firma würdest du doch locker über Leichen gehen!" Er nahm ein Stück Kuchen in die Hand und verschwand so schnell, wie er gekommen war.

Einige Minuten saßen alle drei wie vom Donner gerührt am Tisch, die Anspannung war mit Händen zu greifen. Schließlich versuchte Eleonore einzulenken: „Vielleicht sollten wir die Arbeit der Polizei überlassen und uns nicht gegenseitig fertigmachen."

Ein letztes Aufbäumen von Ingo: „Wer hat denn damit begonnen?"

„Es tut mir leid, aber für mich stellen sich halt auch tausend Fragen."

Plötzlich begann er zu schluchzen: „Ihr werdet es nicht glauben: ich vermisse sie, auch wenn in der letzten Zeit vieles anders lief, als ich mir das gewünscht hätte!"

Mit betretenem Gesicht stand seine Schwiegermutter auf, legte ihm die Hand auf die Schulter und reichte ihm ein Taschentuch. Er schüttelte sie unwillig ab und schnäuzte sich die Nase.

Mit gedämpfter Stimme sagte Lothar: „Ich weiß, warum ich eine Beisetzung im engsten Rahmen wollte. So können wir nicht gemeinsam an die Öffentlichkeit treten."

Eleonore traute ihren Ohren nicht, verkniff sich aber eine weitere Bemerkung. Sie stocherte in ihrem Kuchen herum und sagte dann: „Ich kann das alles immer noch nicht fassen. Ich meine ständig, Nicole müsste irgendwann einfach zur Tür hereinkommen."

Keiner der beiden reagierte auf ihre Worte.

„Ich habe sie so lange nicht gesehen, dass sie mir noch gar nicht in dem Maß fehlt. Wenn die Umstände nicht so wären wie sie nun mal sind, wäre alles ganz vertraut."

Ingo schob den Teller mit dem Rest seines Kuchenstückes beiseite. Er schaute aus dem Fenster in die Weite. „Ich habe mir überlegt, ob wir ein Kreuz aus ihrem Lieblingsholz anfertigen lassen und am Unfallort aufstellen."

Lothar, der konzentriert seinen Kuchen aß, hob den Kopf. „An dieser Schnellstraße, wo jeder achtlos vorüberfährt? Das ist kein würdiger Platz zur Trauer. Aber die Idee mit dem Lieblingsholz gefällt mir! Vielleicht könnte man eine Skulptur für das Grab entwerfen. Traust du dir das in der jetzigen Situation zu oder sollen wir Frau Zieger bitten?"

Sein Schwiegersohn nahm das Skizzenbuch von Nicole in die Hand und blätterte darin. Er stieß auf eine Skizze, die eine abstrakte, schlanke, umschlungene Figur zeigte und gab sie den beiden anderen. „Das wäre doch etwas: es ist ein Stück von ihr und stellt sie zugleich in gewisser Weise selbst dar. Das könnte ich mir gut vorstellen."

Eleonore nahm ihm das Buch aus der Hand und betrachtete das Bild intensiv. „Du hast recht, das wäre eine schöne Erinnerung an sie. Lothar, was meinst du?" Sie reichte ihm den Entwurf.

Auch er war mit dem Vorschlag einverstanden und ergänzte: „Sie war begabt! Ingo, am besten, du veranlasst das gleich am Montag." Er wandte sich an Eleonore: „Ich denke, ich gehe jetzt wieder. Du scheinst hier ja alles wunderbar im Griff zu haben, und mit dem Pfarrer hast du bestimmt auch schon gesprochen. Wenn es noch etwas zu bedenken gibt, könnt ihr euch melden, andernfalls sehen wir uns am Montag.“ Lothar stand auf, nickte den beiden zu und verließ den Raum mit schweren Schritten.

Eleonore begann den Tisch abzuräumen.

****

Ute hatte Nicoles Laptop geöffnet, hochgefahren und klickte nun die Urlaubsdatei an. Nach einigen Sonnenuntergängen, Palmen und einer gigantischen Hotelanlage fragte sie sich, ob der Weg ins Büro doch umsonst gewesen sei, als sie plötzlich ihren Augen nicht traute: eine Nacktaufnahme von Simone! Sie klickte weiter und fand noch zwei Bilder, die offensichtlich an einem FKK-Strand aufgenommen wurden. Was auch immer das zu bedeuten hatte, ganz bestimmt nicht, dass Nicole und Simone zusammen ein paar unbeschwerte Urlaubstage verbracht hatten!

Gegen Abend meldete sich Alex: er war völlig verzweifelt, weil er den ganzen Tag keinen Kontakt zu Bea bekommen hatte und auch sonst nichts erfahren konnte.

„Warum rufst du nicht bei ihrem Banker an, wenn dich das alles so fertigmacht?“

Die Entrüstung war ihm anzuhören: „Das ist ja wohl nicht dein Ernst! Da quäle ich mich lieber schlaflos durch die Nacht, bevor ich mich ausgerechnet bei dem melde. Und morgen könnten wir uns doch vielleicht vor Ort vergewissern?“ Den letzten Satz hatte er etwas leiser und mit vorsichtiger Hoffnung ausgesprochen.

„Überredet: wir fahren! Wenn du mich um neun Uhr abholst, könnten wir kurz nach elf unten am See sein, wenn es gut läuft. Ich habe übrigens eine Überraschung zu bieten: auf die Kunsthalle habe ich verzichtet und mir stattdessen andere Bilder angeschaut. Du erinnerst dich, dass Thomas etwas von einer Urlaubsdatei erzählt hat, aber du wirst nicht draufkommen, was in dieser Datei zu finden ist", sie machte eine kleine Pause, um die Spannung zu erhöhen: „Nacktaufnahmen von Simone! Und die hat sie ihr bestimmt nicht freiwillig überlassen."

****

Kurz vor neun klingelte es bei Ute, und sie begrüßte ihren Kollegen: blass und mitgenommenen, offensichtlich hatte er zu wenig Schlaf gehabt.

„Du siehst ja nicht gerade aus wie das blühende Leben! Soll ich lieber fahren?"

„Nein, ich glaube, es lenkt mich ab, wenn ich mich auf den Verkehr konzentrieren muss."

Abgesehen von einem Stau bei Gärtringen lief es flott, es war ein Bilderbuchwetter, einzig die Anspannung von Alex trübte die Lage etwas.

„Die Rapsfelder im Herbst überraschen mich immer wieder. Ich kann mich nicht erinnern, dass das in meiner Jugend auch schon so war, aber ich kann mich natürlich täuschen."

Mit einem triumphierenden Unterton antwortete Alex: „Das ist gar kein Raps, sondern Senf! Es hat etwas mit Gründüngung zu tun, und die langen Wurzeln verhindern die Abschwemmung des Bodens, wenn es auf die leer geräumten Felder lange regnet."

Ute war völlig verblüfft und wusste nicht, was sie erwidern sollte.

„Da bist du platt, oder? Es gab da mal einen Artikel in den BNN."

„Und so etwas interessiert dich?"

„Kein bisschen, aber ich habe es mir gemerkt, weil ich gehofft habe, dass ich dich irgendwann damit beeindrucken kann."

„Ist dir gelungen!"

Seine Stimmung wurde augenblicklich besser. Die Fahrt dauerte etwas länger als zwei Stunden. Bei Aufkirch hatten sie einen traumhaften Blick auf den Bodensee und waren kurz danach beim Krankenhaus angekommen. Nachdem Ute erklärt hatte, dass sie sich zum See aufmachen werde, zog Alex sein Smartphone aus der Jacke und fand mit wenigen Klicks den Stadtplan von Überlingen. „Ich könnte zu diesem Parkplatz am Ende der Hafenstraße fahren und dann die Seepromenade entlanglaufen und dich vor irgendeinem Café finden. Bei dem Wetter kann man ja gut draußen sitzen."

„Klingt gut, so machen wir es. Lass dir Zeit, aber geh ihr nicht auf die Nerven. Du weißt: es war nicht sie, die dich informiert hat!"

„Ja, ja! Danke für die guten Ratschläge." Seine Nervosität war nicht zu übersehen.

Ute machte sich auf den Weg, ging durch den gepflegten Stadtgarten zum See und genoss die Aussicht auf die Berge. Wie erwartet, waren unglaublich viele Menschen auf der Promenade unterwegs, ein Gitarrenkünstler gab sein Bestes, ein Porträtmaler hatte seine Staffelei aufgebaut, die Cafés waren jetzt schon fast voll besetzt. Sie kaufte sich ein Eis und setzte sich auf eine Bank am Landungsplatz, von wo aus man gut die Menschen und den Schiffsanlegeplatz beobachten konnte. Nach einer halben Stunde schlenderte sie am See entlang und nahm vor dem letzten Restaurant Platz, um ihren Kollegen nicht zu verpassen, der tatsächlich wenige Minuten später mit suchendem Blick entlangkam.

Er setzte sich zu ihr. „Blöd gelaufen! Bea war absolut überrascht, aber nicht gerade freudig.“ Er starrte auf den See. „Ich glaube, sie war sogar sauer auf ihren Banker, dass der sich bei mir gemeldet hat. Ans Handy ging sie nicht, weil sie es gar nicht dabei hatte, sie wollte ein paar Tage einfach ihre Ruhe. Das Positive: die OP ist gut verlaufen, alles scheint bestens!“

Ein italienischer Ober kam und nahm die Bestellung auf.

„Gut, dann scheint dieses Kapitel endgültig abgehakt zu sein. Jetzt genießen wir noch ein wenig den See, dann fahren wir zurück und du telefonierst mit Gabi.“

Alex war entrüstet. „Das ist jetzt vielleicht doch etwas zu pragmatisch! Ganz so einfach ist das für mich auch nicht, schließlich habe ich mir Sorgen ohne Ende um Bea gemacht. Das kann man nicht einfach abschütteln.“

Ute hob beschwichtigend die Hand. „Okay, okay! Du wirst diese Geschichte in aller Ruhe verarbeiten und zu gegebener Zeit deinen Schlussstrich ziehen.“

Der Ober servierte schwungvoll eine Riesenpizza, die erheblich zur Stimmungsaufhellung beitrug. Am Nachmittag fuhren sie zufrieden wieder zurück.

****

Montag

Und, alles wieder gut?“ fragte Ute, als ihr Kollege das Büro betrat.

„Gabi ist so etwas von verständnisvoll! Wir werden das Wochenende nachholen.

„Kann ich mir schon vorstellen: digitales Abendessen! Komm, wir gehen zur Montagsbesprechung und hören, wie sich die aktuellen Fälle entwickelt haben.“

Nachdem die üblichen Wochenendprobleme diskutiert waren, fragte Gerd von der Spurensicherung: „Und, wie sieht es mit eurem Pralinengift aus?“

Ute schilderte kurz den Fall und fasste dann zusammen: „Es gibt, wie so oft, verschiedene Motive: familiäre Probleme, finanzielle Interessen, Eifersucht und eventuell Erpressung, das ist eine neue Spur, der wir erst noch nachgehen müssen. Heute ist die Beerdigung von Nicole – ich gehe davon aus, dass die Firma wenigstens an einem solchen Tag geschlossen ist. Das bringen wir nachher in Erfahrung. Es gibt jedenfalls einige Leute, die über den Tod nicht unglücklich sind!“

Weitere Fälle wurden besprochen, danach gingen alle wieder an ihren Arbeitsplatz zurück.

Ute wählte die Nummer von Frau Scholl und war überrascht, als sie ihre Stimme hörte. Sie erwähnte, dass sie erwartet hatte, dass an einem solchen Tag die Firma außer Betrieb sei. Frau Scholl erklärte sofort, dass Herr Hochstätt meinte, sie seien es ihren Kunden schuldig, immer für sie da zu sein, das gehöre mit zum Firmenkonzept. Die Kommissarin bat sie daraufhin, mit Frau Zieger verbunden zu werden.

„Das tut mir leid, aber Frau Zieger hat einen freien Tag genommen. Sie ist mit einem wichtigen Kunden zu einem

Vor-Ort-Termin gefahren und wollte den heutigen Tag nutzen, um die Gegend etwas kennenzulernen. Manchmal wirkt sich das auf die Einrichtung oder die Außengestaltung eines Gebäudes aus, wenn man kleine Pointen setzen kann, die typisch für die Region sind."

„Das klingt interessant! Dann geben Sie mir doch bitte die Nummer, unter der ich sie erreichen kann. Vielleicht kommt sie ja doch schon im Laufe des Tages zurück." Ute notierte die Telefonnummer von Simone und verabschiedete sich dann.

Nachdem sie die Nummer gewählt hatte, hörte sie eine freundliche Mailboxansage, die mit den Worten endete: „Ich bin am Dienstag sehr gerne wieder für Sie da."

„Wahrscheinlich sitzt sie doch noch am Genfer See und macht sich einen gemütlichen Tag mit ihrem Dr. Böckelmann. Ob die beiden unter einer Decke stecken?"

„Meinst du das im wörtlichen oder im übertragenen Sinn?" Alex kratzte sich hinterm Ohr. „Da fällt mir gerade ein, dass ich mir doch auch selbst einen Eindruck über die Bilder machen wollte." Er öffnete die entsprechende Datei und sagte nach einer kleinen Pause: „Gute Figur, das muss man ihr lassen!" Er fing den rügenden Blick seiner Kollegin auf und ergänzte: „Ich meine ja nur: es ist ein ästhetischer Anblick. Aber du hast recht, dass diese Bilder auf Nicoles Laptop nichts zu suchen haben."

„Wie wäre es, wenn wir den Roths einen Überraschungsbesuch abstatten? Da heute Montag ist, hat er frei, und sie hat keine Kantine zu betreuen, also auch frei! Vielleicht ist es nicht uninteressant, die beiden gemeinsam zu erleben, falls sie zu Hause sind."

„Keine Einwände!"

Die Adresse hatte Frau Stiegelmaier schnell herausgefunden, und schon kurze Zeit später parkte Alex vor dem

Haus in der Gartenstadt. „Das nenne ich Glück, bei der Parkplatzsituation hier!“

Es dauerte eine Weile, bis die Tür geöffnet wurde und ein Mann mit dunkelblondem Haar und Dreitagebart vor ihnen stand. Er trug Jeans und einen grauen Rollkragenpullover und schaute sie fragend an.

„Guten Tag. Ute Becker und mein Kollege Alex Weingärtner – wir kommen von der Kriminalpolizei. Dürfen wir einen Augenblick hereinkommen?“

„Von der Kriminalpolizei? Ist etwas passiert?“ Er wich keinen Zentimeter von der Stelle.

„Es geht um Nicole Hochstätt-Karcher.“

Seine Augenbrauen hoben sich, er ging zur Seite, um sie einzulassen und rief nach seiner Frau. Durch einen schmalen Flur neben einer steilen Treppe ging es direkt ins Wohnzimmer, das einen Durchgang zur Küche und nach hinten eine Tür zu einem langgezogenen Garten hatte. Die geschmackvolle Einrichtung zeigte, dass hier jemand wohnte, der etwas von Kunst versteht. Sie hörten, wie Frau Roth die Treppe herabkam, auch sie in Jeans und einer karierten Fleecebluse. Ihre kurzen Haare waren zerzaust und ungewaschen. Optisch konnte sie nicht mit Nicole konkurrieren.

„Sie schon wieder. Gibt es etwas Neues?“ Mit einer fahrigen Geste bot sie ihnen an, Platz zu nehmen. Ihr Mann wollte das Zimmer verlassen, aber Ute hielt ihn zurück. „Wir würden gerne mit Ihnen beiden sprechen.“ Unwillig setzte er sich zu ihnen an den Tisch.

„Sie haben von Nicoles Tod gehört?“

Er nickte mit einem Blick zu seiner Frau. Besonders gesprächig schien er nicht zu sein. Da sprang seine Frau ein: „Ein freier Montag, und er weiß nicht so recht, was er mit sich und diesem Tag anfangen soll.“

„Jetzt fang nicht schon wieder mit deiner Eifersuchtsnummer an! Du glaubst gar nicht, wie abgegriffen das ist, ich kann es echt nicht mehr hören!“

„Heißt das, dass Sie sie letzten Montag noch gesehen haben?“

Sie giftete ihn an: „Gib es ruhig zu! Als ich nach Hause kam, hat deine Jacke gerochen, als ob du sie parfümiert hättest.“

In aggressivem Ton antwortete er: „Ja, ich habe sie gesehen, und? Hier habe ich manchmal das Gefühl, dass ich keine Luft mehr zum Atmen habe. Mit Nicole konnte ich träumen, wir haben Pläne gemacht…“

Seine Frau war aufgesprungen und schrie ihn an: „Ihr habt Pläne gemacht? Darf man wissen, was das für Pläne waren?“ Es schien fast, als ob sie die Anwesenheit der Kommissare völlig ausgeblendet hatte.

Er bemühte sich um Fassung. „Tu doch nicht so naiv, ich hatte es dir vor zwei Wochen schon angedeutet.“ An die Kommissare gewandt, fuhr er fort: „Wir haben überlegt, ob wir einen Neuanfang wagen sollten. Wir sind in einem Alter, in dem man nochmal ganz von vorne anfangen kann, bevor es endgültig zu spät ist. Ihre Kinder sind groß genug, außerdem haben wir uns Gedanken über eine neue Geschäftsidee gemacht.“ Er hielt inne und dachte nach. Schließlich seufzte er und sagte: „Aber diese Träume sind jetzt endgültig geplatzt.“ Seine Frau schaute er abschätzig an: „Bist du nun zufrieden?“

Auch Utes Blick ging zu Frau Roth. „Ihr Mann behauptet, dass Sie von den Plänen wussten. Das wirft ein neues Licht auf die ganze Sache.“

Ihre Wangen waren gerötet. „Sie wollen jetzt wohl andeuten, dass ich ein Motiv hatte. Da hätte ich schon die eine oder andere Frau aus dem Weg räumen können! Ich hatte

Ihnen schon einmal gesagt, dass ich auf Zeit gespielt habe: früher oder später ist ihm immer wieder klar geworden, was er an mir hat.“ Alex ergänzte in Gedanken: eine, die kochen und den Haushalt machen kann.

Ute wandte sich an den Ehemann: „Wie geht es jetzt weiter? Wenn ich das richtig verstanden habe, ist Ihnen die Situation eines geplatzten Traumes nicht neu, wenn auch dieses Mal die Umstände deutlich härter sind. Denken Sie, dass Sie wieder in die gewohnten Bahnen zurückfinden?“

In seinem Blick mischten sich Zweifel mit Hilflosigkeit. „Das kann ich im Moment nicht sagen, alles ist noch zu frisch, ich kann es noch gar nicht recht fassen.“

„Und wie sieht es mit Ihnen aus, Frau Roth? Wären Sie zu einem Neuanfang bereit?“

Ihre Antwort kam in schroffem Ton: „Arbeiten Sie bei der Polizei oder bei der Seelsorge?“ Damit verließ sie den Raum.

„Herr Roth, ich frage Sie jetzt ganz direkt: trauen Sie Ihrer Frau einen Mord zu?“

Erschrocken blickte er auf und brachte schließlich heraus: „Dazu fällt mir nichts ein.“

Ute steckte ihr Notizbuch in den Rucksack und erhob sich. „Es ist gut möglich, dass wir noch einmal auf Sie zukommen werden.“ Sie reichte Herrn Roth ein Visitenkärtchen: „Falls Ihnen doch noch etwas einfallen sollte.“

Zu dritt gingen sie durch den schmalen Flur zur Tür, wo sie sich verabschiedeten.

Kaum waren sie einige Meter gefahren, klingelte Utes Handy. „Zu Ihrer Frage von gerade: ja, ich traue es ihr zu.“

****

Sie hatten ein erlesenes Restaurant gefunden mit Blick auf die Weinberge und den Genfer See, auf dem einige Segelboote unterwegs waren. Das Blau des Himmels war von einigen Wolkenschleiern durchbrochen, die aussahen als hätte ein Maler ein paar leichte Pinselstriche gezogen.

Die beiden, die wie ein frisch verliebtes Paar wirkten, betraten das Restaurant, in dem nur wenige Gäste saßen. Der Ober begleitete sie zu einem kleinen Tisch am Fenster und reichte ihnen Speise- und Weinkarte. Dr. Böckelmann fragte ihn, was er heute empfehle, und so entschieden sie sich für das Menü und einen hiesigen Grauburgunder. Nach Aperitif und dem Gruß aus der Küche kam als Auftakt das Kürbiscremesüppchen.

Dr. Böckelmann beobachtete Simone, die genussvoll die Suppe löffelte. „Bist du glücklich?"

Ein strahlendes Lächeln war die Antwort. Sie tupfte mit der Serviette den Mund ab, nahm einen Schluck Wein und seufzte: „Es ist fast zu perfekt, um wahr zu sein." Ihr Blick folgte den Segelbooten. „Ich empfinde ein tiefes Gefühl von Freiheit. Mit dir hier am See, dein Haus ist ein Traum, und auch beruflich wird vieles für mich leichter werden. Diese Jahre mit Nicole waren nicht einfach für mich und immer musste ich gute Miene zu bösem Spiel machen, aber das ist ja nun vorbei."

Auf seiner Stirn erschien eine Falte. Er schwenkte sein Weinglas leicht, nahm einen Schluck und stellte das Glas vorsichtig wieder ab. „Hast du etwas mit dem Tod von Nicole…"

Sie unterbrach ihn, indem sie ihren Zeigefinger auf seine Lippen legte: „Pssst. Du wirst mir doch eine solche Tat nicht zutrauen und außerdem wollen wir uns mit diesem Thema nicht den wunderschönen Tag verderben." Ihre dunklen Augen waren unergründlich.

Ein dezentes Räuspern deutete an, dass der Ober an den Tisch trat. Er servierte den Hauptgang: verschiedene Fischfilets auf mariniertem Gemüse mit Spinatnudeln an Rieslingsauce. Schweigend aßen sie einige Minuten, bis sie wieder zu einer unverfänglichen, gelösten Stimmung zurückfanden. Als Dessert wurde Vanilleparfait mit heißem Pfirsichmus gereicht, gefolgt von einem Espresso.

****

Der Pfarrer war auf die Wünsche der Familie eingegangen und hatte eine kurze, schlichte Trauerfeier gehalten. Schon das Vorgespräch mit der Mutter der Verstorbenen war sehr knapp verlaufen. Anders als oft in solchen Fällen hatte sie offensichtlich nicht das Bedürfnis, sich jemandem mit ihrem Schmerz anzuvertrauen, der zuhören und Trost spenden konnte. Die Tote musste bei einem Verkehrsunfall unter besonderen Umständen umgekommen sein, wenn er das recht verstanden hatte.

Am Grab verabschiedete er sich und ließ die kleine Gruppe zurück.

Nach einem Moment der Stille fragte Eleonore ihren Ex-Mann, ob er noch zu einer Tasse Kaffee mitkommen wolle. Er straffte seine Schultern, die leicht nach vorne gefallen waren, nahm wieder eine aufrechte Haltung an und nickte kaum merklich. Ingo hatte seinen Mantelkragen hochgeschlagen. Trotz der Nachmittagssonne fröstelte ihn etwas. Er war froh, dass die beiden Kinder das Ganze anscheinend gut verkraftet hatten.

Wie sie gekommen waren, fuhren sie mit den beiden Autos zurück in den Märchenring, wo Frau Hauser bereits alles vorbereitet hatte.

Sie legten ihre Mäntel ab und gingen ins Wohnzimmer, wo sie von einem angenehmen Duft von Kaffee und frischgebackenem Kuchen empfangen wurden.

Nachdem sie sich gesetzt hatten, sprang der Kater auf Saskias Schoß und schmiegte sich eng an sie, als ob er spürte, dass sie in einer schwierigen Situation sei.

„Jetzt bin ich echt gespannt, was kommt! Das ist doch voll krass, wie wir hier sitzen. Feiern wir den Tod, oder was soll das werden?"

Bevor einer der Männer reagieren konnte, schaute Eleonore Philipp direkt an und sagte mit deutlichem Ton: „Philipp, jeder hat seine eigene Art mit Verlusten umzugehen. Es ist nicht nötig, dass du uns in einer solchen Lage auch noch versuchst zu provozieren. Ich beispielsweise habe meine Tochter verloren und hatte keine Gelegenheit, noch einmal mit ihr zu sprechen, geschweige denn mich von ihr zu verabschieden. Das tut mir weh." Sie machte eine Pause. „Dir mag es ganz anders gehen und du kannst dich gerne in dein Zimmer zurückziehen, keiner hier legt Wert auf deine bissigen Kommentare."

Ein abschätziger Blick streifte die Runde, als er sich erhob und das Zimmer verließ.

Eleonore lenkte den Blick zurück auf glücklichere Tage, und so gelang es schließlich, im Gespräch die Spannung zu lösen und ein positives Bild der Toten zu zeichnen. Herr Hochstätt bedankte sich beim Abschied bei seiner geschiedenen Frau, dass sie alles so umsichtig bedacht und vorbereitet hatte.

****

Dienstag

Telefonisch hatte Ute Simone ins Dezernat zu einem Gespräch gebeten. Sie kam pünktlich und wurde von Frau Stiegelmaier ins Büro gebracht, wo sie sich unsicher umschaute und dann Platz nahm. Die Tage am See hatten ihr sichtlich gut getan, auch wenn sie im Moment sehr angespannt wirkte.

Ute hatte Nicoles Laptop aufgeklappt auf ihrem Schreibtisch stehen und drehte ihn nun so um, dass Simone hineinschauen konnte. Diese erschrak, als sie die Bilder sah, errötete etwas und wandte den Blick ab. „Deshalb haben Sie mich also herbestellt?"

Die Kommissarin antwortete nicht, sondern signalisierte, dass sie auf eine Erklärung warte.

Simone verschränkte die Arme und suchte nach den passenden Worten. „Das war ein Urlaub mit meinem damaligen Partner. Kurze Zeit danach habe ich mich von ihm getrennt." Sie stockte und fuhr schließlich fort: „Er wollte das nicht hinnehmen und hat mich auf verschiedene Art bedrängt: telefonisch oder indem er plötzlich vor meiner Tür stand. Als ihm klar wurde, dass er so nicht weiterkommt, hat er mir von diesen Bildern erzählt, die er mit seinem Smartphone gemacht hat. Ich hatte das gar nicht bemerkt." Wieder überlegte sie. „Als ich nicht darauf einging, drohte er mir, dass er die Bilder weitergeben würde, aber das habe ich ihm nicht geglaubt." Sie deutete auf den Laptop, zuckte mit den Schultern und sagte bitter: „Ich habe mich getäuscht!" Ein Seufzen. „Nicole konnte mit den Bildern zunächst nichts anfangen, bis sie auf *diese* Fotos stieß. Da war ihr klar, dass sie etwas gegen mich in der Hand hat, und das hat sie gezielt ausgespielt und mich bei einigen Projekten sehr unter Druck gesetzt. Ich habe teilweise ihre Arbeit komplett übernommen, und sie hat ihren Namen unter die Aufträge gesetzt." Simone zupfte nervös an ihrem Halstuch herum. „Zunächst wollte ich mich dagegen wehren, aber sie hat mir gedroht, diese Fotos ausgedruckt bei der Kantine auszuhängen und bei Twitter eine kleine Meldung einzustellen. Als sie Twitter erwähnte, tippte sie mit dem Daumen an die anderen Finger, wie wenn ein Vogel seinen Schnabel auf- und zumacht und das wurde ihr Signal an mich. Sie musste nur diese Fingerbewegung ausführen und ich wusste Bescheid." Ihr Gesichtsausdruck war hart geworden. „Haben Sie sich schon einmal mit Cybermobbing auseinandergesetzt? Der Gedanke, dass diese Bilder im Netz erscheinen würden, hat mich gefügig gemacht und das hat sie je nach Situation bewusst ausgenutzt." Sie lehnte sich in ihrem Stuhl zurück und schlug die Augen nieder.

„Wusste sonst noch jemand von diesen Bildern?"

„Das glaube ich nicht, aber das spielt auch keine Rolle – es genügte, dass Nicole davon wusste."

Mit Nachdruck sagte Ute: „Frau Zieger, wir *haben* uns schon mit Cybermobbing befasst und wissen, dass das ein starkes Motiv ist. Deshalb sitzen Sie gerade hier. Warum haben Sie uns nichts von diesen Bildern und dem Druck, den Nicole damit ausgeübt hat, erzählt?"

In der Stimme schwang Resignation: „Hätten Sie mir denn geglaubt? Ich hatte gehofft, dass dieses Kapitel jetzt ein für allemal beendet ist. Ich konnte ja nicht ahnen, dass Sie auf diese Bilder stoßen."

„Es verbessert Ihre Lage nicht, dass Sie geschwiegen haben und uns die nette Kollegin vorgespielt haben, die alles ausgleicht - ganz im Gegenteil! Dazu kommt, dass Sie ungestört die Möglichkeit hatten, die Pralinen abzustellen und Nicoles Gewohnheiten kannten. An diesem Tag wussten

Sie vielleicht als Einzige, dass sie das Büro frühzeitig verlassen wollte…“

Simone biss sich auf die Lippen und nickte. „Und trotzdem war ich es nicht! Natürlich spricht Vieles gegen mich, und ich möchte auch nicht verschweigen, dass ich verschiedene Vorteile durch den Tod habe, aber das heißt noch lange nicht, dass ich ihn verursacht habe.“

„Wir werden Sie bei unseren weiteren Ermittlungen auf jeden Fall im Auge behalten. Mehr möchte ich dazu im Moment nicht sagen, Sie können wieder gehen.“

Überrascht schaute Simone die Kommissarin an, als ob sie ihren Ohren nicht traute, stand aber sofort auf, verabschiedete sich und verließ das Büro.

Alex blickte ihr nach, hielt die Schneekugel in der Hand und schüttelte Schnee auf den Kölner Dom. Er wandte sich an seine Kollegin: „Glaubst du ihr?“

„Ja und nein. Die Firmentochter umzubringen, um sich Vorteile in der Firma zu verschaffen, birgt sehr viel Risiko. Die Sache mit dem Cybermobbing scheint mir auch ein bisschen weit hergeholt, denn bisher war es nur eine Drohung. Nicole hätte sich unter Umständen selbst eine Blöße gegeben, wenn sie diese Bilder ins Netz gestellt hätte, denn ich halte sie nicht für so raffiniert, dass sie ihre Spuren hätte verwischen können. Auf der anderen Seite ist es natürlich zermürbend, wenn einem jemand immer wieder zu verstehen gibt, dass er etwas gegen einen in der Hand hat.“

„Hm. Und was machen wir jetzt?“ Er schaute den fallenden Schneeflöckchen zu.

„Wie ich gesagt habe: wir behalten sie im Auge. Wir werden wohl noch ein paarmal in dieser Firma auftauchen müssen, damit verschiedene Leute Druck empfinden und dann vielleicht doch etwas tun ode r sagen, was zur endgültigen Klärung hilft. Geduld, Geduld! Das ist ja eine unserer wichtigsten Tugenden."

Er lächelte sie an und sagte mit ironischer Färbung: „Das hast du schön gesagt. Wenn das der Staatsanwalt auch so sehen könnte! Ich glaube, er wird langsam unruhig, wenn wir ihm nicht irgendwelche Fakten auf den Tisch legen können."

Mit einiger Gelassenheit antwortete Ute: „Noch unruhiger wird er, wenn wir ihm den falschen Täter liefern. Und gerade bei einer solchen Firmenpersönlichkeit sollte man besonders vorsichtig vorgehen." Sie zwinkerte ihm zu. „Nicht dass du mich falsch verstehst: *wir* behandeln selbstverständlich alle gleich."

„Du wirst ihm das schon klar machen. Morgen Nachmittag haben wir das Vergnügen, oder?"

„Ja, mal sehen, wie groß das Vergnügen sein wird."

Beide arbeiteten an ihrem PC, als Alex plötzlich sagte: „Vor einer Woche hat sie noch gelebt…"

Seine Kollegin reagierte nicht sofort, antwortete dann aber: „Weißt du, wer mir am meisten leid tut? Das dünne Mädchen, ihre Tochter – es ist mir ein Rätsel, wie sie damit zurechtkommen soll. Wahrscheinlich nimmt ihre Oma alles in die Hand, aber die wird auch irgendwann zurück nach Irland wollen, und ich glaube nicht, dass ihr Liebhaber scharf darauf ist, dass sie ihre Enkelin mitbringt." Nach einer kurzen Pause fuhr sie fort: „Aus Nicoles Vater werde ich auch nicht ganz schlau. Dafür, dass es seine einzige Tochter war, die er angeblich vergöttert hat, verhält er sich erstaunlich gefasst. Da versteckt sich der weiche Kern wohl hinter einer sehr harten Schale."

Alex räusperte sich und antwortete mit theatralischem Ton: „Männer weinen nicht!"

Mittwoch

Frau Stiegelmaier brachte gerade eine Tasse Ingwerwasser ins Büro, als das Telefon läutete. Die Stimme von Herrn Hochstätt klang mühsam beherrscht, als er sagte: „Meine Sekretärin hat sich umgebracht.“

Ute war wie elektrisiert. „Wie und wo ist es passiert?“

„In ihrem Büro. Ich denke, dass sie etwas eingenommen hat. Sie hat einen Brief geschrieben, in dem sie zugibt, dass sie Nicoles Pralinen vergiftet hat. Ich kann es gar nicht glauben.“

„Haben Sie einen Notarzt gerufen?“

Die Überraschung war aus der antwortenden Stimme herauszuhören: „Nein, warum sollte ich einen Arzt rufen, wenn sie doch tot ist?“

Ute schrieb diese Antwort seiner Überforderung mit der Situation zu und sagte sehr bestimmt: „Gut, ich übernehme das und Sie lassen alles genau so, wie es jetzt ist, rühren Sie nichts an und lassen Sie auch niemanden ins Zimmer. Wir sind sofort bei Ihnen.“ Sie legte auf und schaute ihren Kollegen irritiert an. „Frau Thielmann ist tot.“ Zu Frau Stiegelmaier sagte sie: „Rufen Sie einen Notarzt und schicken ihn in die Firma, danach informieren Sie bitte die Spurensicherung, wir fahren schon mal vor. Ich wäre dankbar, wenn sie möglichst schnell nachkämen.“ Sie stand auf, nahm ihren Rucksack und ihre Jacke und blickte erwartungsvoll zu Alex, der resigniert sagte: „Nicht nur schönes Wetter, nein, es muss auch noch ein Todesfall dazukommen, und das in aller Frühe! Womit habe ich das verdient?“ Er schüttelte kurz und kräftig seine Schneekugel und folgte dann der Kollegin, die bereits das Zimmer verlassen hatte.

Im Auto sagte Ute: „Weißt du, dass mich dein Heuschnupfengenöle manchmal echt nervt? Wie oft habe ich dir schon gesagt, dass es auch Medikamente gibt, die nicht müde machen? Du solltest halt mal deinen Arzt aufsuchen. Und von Desensibilisierung hast du bestimmt auch schon mal etwas gehört!"

Bei diesen Worten zuckte Alex zusammen, schwieg und konzentrierte sich auf den Verkehr. Kurz vor Ettlingen zog er ein Papiertaschentuch aus der linken Jackentasche und hob es hoch: „Frieden?"

Seine Kollegin lächelte: „Sorry, dir kann man nicht lange böse sein. Ich bin gerade etwas angespannt, normalerweise komme ich ja mit deinen Sprüchen zurecht, aber ich bleibe dabei: du könntest etwas an deiner Situation ändern!"

„Ich werde darüber nachdenken."

Beim Betreten der Firma nickten sie Frau Scholl nur kurz zu, fuhren mit dem Aufzug nach oben und gingen direkt zu Herrn Hochstätts Büro. Er wirkte blasser als bei ihrer letzten Begegnung und hatte etwas eingefallene Wangen. Nachdem er die beiden begrüßt hatte, öffnete er die Innentür zum Sekretariat und blieb stehen. Frau Thielmann saß auf ihrem Bürostuhl, ihr Oberkörper lag vornübergebeugt auf der Schreibtischplatte, als ob sie gerade eingeschlafen sei. Rechts neben ihr stand eine gefüllte Teetasse, auf der anderen Seite lag ein Brief.

Das friedliche Bild wurde durch das plötzliche Eintreffen des Notarztes gestört. Mit schnellem Schritt war er bei der leblos wirkenden Frau, legte sie mit Hilfe seines Assistenten auf den Boden, untersuchte sie und sagte dann zu ihm: „Intubation!" Dieser reichte ihm das Intubationsbesteck und, nachdem der Tubus geblockt war, den Ambubeutel, mit dem der Arzt die Frau beatmete. Alles war rasch und routiniert abgelaufen. Sie legten Frau Thielmann auf die mitgebrachte Trage und liefen los. Der Arzt rief den

Umstehenden noch zu: „Sieht sehr kritisch aus.“ Und schon waren sie verschwunden. Kurz darauf hörte man das Martinshorn des Rettungswagens.

Ute reagierte als erste: sie holte aus ihrem Rucksack ein Paar Handschuhe, zog sie an und ging auf den Schreibtisch zu. Sie hob die Tasse zu ihrer Nase und erkannte den Duft sofort, da sie diesen Tee selbst auch liebte: Walnussgrüntee. Eine zusätzliche Note war nicht zu riechen. Der Brief war auf einem Computer geschrieben worden und mit einem Kugelschreiber unterschrieben. Ute las laut: „Ich kann mit meiner Schuld nicht länger leben und setze deshalb meinem Leben ein Ende. Ich habe die vergifteten Pralinen in Nicoles Büro gestellt, weil ich nicht mehr mit ansehen konnte, wie sie der Firma schadet.“ Die Kommissarin legte den Brief zurück, ließ ihren Blick durch das Büro schweifen und zog dann ihre Handschuhe aus. „Herr Hochstätt, gehen wir zurück in Ihr Büro?“

Er nickte und ließ ihnen wortlos den Vortritt. Sie setzten sich und Ute nahm ihr schwarzes Notizbuch in die Hand. Da brach es aus ihm heraus: „Meinen Sie, ich hätte sie retten können, wenn ich gleich einen Arzt gerufen hätte?“

„Erstens wissen wir noch gar nicht, ob sie nicht doch gerettet werden kann, und zweitens habe ich direkt nach Ihrem Anruf veranlasst, dass ein Notarzt kommt. Wir müssen den weiteren Verlauf abwarten.“

Herr Hochstätt atmete schwer, holte aus seiner Jackentasche eine kleine Spraydose und sprühte sich zwei Hub des Medikaments in den Mund.

Ute erinnerte sich daran, dass er das auch getan hatte, als sie ihm vom Tod seiner Tochter berichtet hatte. Sie ließ ihm einen Augenblick Zeit und fragte dann: „Haben Sie selbst Ihre Sekretärin gefunden?“

„Ja. Ich war überrascht, dass ich nichts von ihr hörte und habe in ihrem Büro nachgeschaut und da lag sie auf ihrem Schreibtisch. Ich dachte erst, sie sei vielleicht ohnmächtig geworden." Er schluckte trocken. „Aber dann habe ich den Brief gesehen und gleich bei Ihnen angerufen." Seine Schultern hingen kraftlos herab.

„Wann kam Frau Thielmann üblicherweise ins Haus?"

Ohne Zögern antwortete er: „Meist war sie schon vor acht hier und hat alles für den Tag vorbereitet. Ihr Lieblingsspruch war ‚Der frühe Vogel fängt den Wurm!', eine Haltung, die ich außerordentlich schätze. Leider ist sie heutzutage nicht mehr sehr verbreitet."

„Wann kommen Sie normalerweise, und wie war das heute?"

Er stutzte. „Ich betrete im Allgemeinen um halb neun die Firma, und das war auch heute so." Den letzten Teil des Satzes hatte er mit Nachdruck ausgesprochen.

„Ist Ihnen gestern bei Frau Thielmann etwas aufgefallen oder vielleicht auch schon am Montag bei der Beerdigung? Ich nehme an, dass sie bei der Feier dabei war, sie gehörte ja gewissermaßen zum engsten Familienkreis."

Seine Augenbrauen hoben sich. „Wie meinen Sie das?"

„Nun, sie erzählte uns, dass sie Ihnen sehr nahestehe, und da gehe ich davon aus, dass sie Ihnen dann gerade in einer so schwierigen Situation zur Seite stehen möchte."

„Was reden Sie denn da! Nein, sie war nicht bei der Beerdigung. Ich habe sie erst gestern wieder gesehen."

„Und fiel Ihnen da etwas an ihr auf? Hat sie sich Ihnen gegenüber anders verhalten als sonst?"

Er lockerte seine Krawatte etwas. „Nicht dass ich wüsste." Seine Stimme hatte etwas an Sicherheit verloren.

In diesem Moment wurde die Tür aufgerissen. Ingo blieb wie angewurzelt stehen, als er die Kommissare sah. „Dann stimmt es also, was Frau Scholl sagte: Frau Thielmann wurde mit Blaulicht ins Krankenhaus gebracht?"

Sein Schwiegervater schaute bekümmert in seine Richtung und deutete ein Nicken an.

„Was war mit ihr, und warum sind *Sie* hier? Ist sie…?"

Alex antwortete mit kühler Stimme: „Sie hat versucht, sich das Leben zu nehmen, aber es kann sein, dass sie noch rechtzeitig gefunden wurde."

Ingo löste sich aus seiner Erstarrung, legte seinen Mantel über die Stuhllehne und setzte sich zu ihnen.

Ute fragte: „Wie wollen Sie jetzt weiter vorgehen?"

Herr Hochstätt schien sich mit diesem Gedanken bereits auseinandergesetzt zu haben: „Ich wollte es noch mit meinem Schwiegersohn besprechen, aber ich denke, wir warten das Ergebnis aus dem Krankenhaus ab und werden dann eine Betriebsversammlung einberufen und die gesamte Belegschaft informieren. Vielleicht kehrt dann auch wieder etwas Ruhe ein. Momentan scheint jeder verunsichert, man weiß nicht mehr, wem man vertrauen kann." Er hielt kurz inne. „Aber wenn jetzt geklärt ist, wer für den Tod von Nicole verantwortlich ist, sieht es doch wieder anders aus." Von seinem Schwiegersohn schien er Zustimmung zu erwarten, doch der wirkte noch ganz verstört. Das Läuten des Telefons riss ihn aus seinen Gedanken. Er nahm ab und reichte es dann an Ute weiter: „Für Sie."

Sie hörte zu und sagte dann: „Schicken Sie sie bitte herauf." An die beiden Herren gewandt erklärte sie: „Die Spurensicherung ist gerade eingetroffen. Sie werden verstehen, dass es noch einige Fragen gibt, die geklärt werden müssen. Eine davon ist, ob es sich wirklich um einen Selbstmord handelt, auch wenn alles danach aussieht." Sie bemühte sich, ihrer Stimme einen möglichst sachlichen Ton zu verleihen. „Deshalb haben wir auch die Bitte, dass Sie niemanden in das Büro von Frau Thielmann lassen und auch selbst nichts dort anrühren, bis die Kollegen das Büro freigeben. Es wird vorübergehend versiegelt." Nach dieser Aussage fragte sie noch: „Wissen Sie, ob sie Verwandte hat oder sonst jemanden, der ihr nahesteht?"

Die beiden schauten sich ratlos an. Herr Hochstätt ergriff das Wort: „Soweit ich weiß, hat sie keine Angehörigen mehr. Vor einiger Zeit hat sie wie beiläufig erwähnt, dass sie einmal keine Lücke hinterlassen wird, wenn sie stirbt."

„Dann danke ich Ihnen für Ihre Unterstützung. Das heißt, ein Anliegen habe ich noch: fragen Sie doch bitte auf der Betriebsversammlung, wer Frau Thielmann heute noch gesehen hat. Vielleicht hilft uns das auch ein Stück weiter." Nachdem sie ihr Notizbuch eingepackt hatte, standen alle auf und verabschiedeten sich. Ingo sagte: „Ich begleite Sie zum Aufzug."

****

Letzte Blätter waren von den Bäumen gefallen, und der junge Mann mit dem Laubbläser war wieder am Werk. Im Auto sagte Alex: „Da haben wir dem Staatsanwalt doch etwas zu bieten. Wir könnten sagen, dass der Fall gelöst ist."

Ute schaute ihren Kollegen zweifelnd an. „Das ist jetzt nicht dein Ernst, oder? Ich habe große Fragezeichen im Blick auf diesen Selbstmord. Ich lasse mich natürlich gern eines Besseren belehren, aber ich halte einen Mord für mindestens genauso gut möglich, aber zunächst hoffe ich mal, dass man sie retten kann."

Alex konzentrierte sich auf den Verkehr. „Gib es zu: du bist kein Freund der schnellen Lösung!"

„Ich habe nichts gegen eine schnelle Lösung, wenn es die richtige ist, aber hier sträubt sich alles in mir."

„Komm mir jetzt nicht mit dem berühmten Bauchgefühl!“

Sie schmunzelte. „Nein, wir werden alles der Reihe nach ganz logisch angehen und sehen, was dabei herauskommt. Für mich fängt es schon damit an, dass ich mich an ihrer Stelle nicht im Büro vergiftet hätte, wenn ich es ernst meine, sondern zu Hause, wo ich nicht sofort gefunden werde. Andererseits kann es sein, dass sie es darauf ankommen lassen wollte, ob sie gerettet wird und dann doch der gerechten Strafe zugeführt wird. Immer vorausgesetzt, dass sie es überhaupt selbst war!“ Ihr kam noch eine ganz andere Idee: „Vielleicht wollte sie einen theatralischen Abgang unter dem Motto: einmal im Leben eine entscheidende Rolle in dieser Firma spielen, die ihr so am Herzen lag? Wer weiß, was in ihrem Kopf vorging? Wir können uns ja oft nicht vorstellen, auf welch absurde Gedanken manche Menschen kommen!“

Wenige Stunden später kam der Anruf aus dem Krankenhaus, dass Frau Thielmann verstorben sei. Ute informierte Herrn Hochstätt, der sehr gefasst reagierte, was sie seiner preußischen Haltung zuschrieb. Innerlich mochte es ganz anders aussehen, schließlich hatten die beiden jahrelang eng zusammengearbeitet.

****

Bevor sie sich nachmittags zum Staatsanwalt aufmachten, rief Ute noch einmal in der Firma an, um zu hören, ob sich bei der Betriebsversammlung etwas Neues ergeben hätte. Nach der Aussage von Herrn Karcher hatte niemand Frau Thielmann in der Frühe gesehen.

Im Vorzimmer des Staatsanwalts nickte die Sekretärin den eintretenden Kommissaren zu, tippte aber den angefangenen Text zu Ende, nahm dann das Headset ab und sagte lächelnd: „Entschuldigung, aber… Dr. Fischer erwartet Sie.“ Sie stand auf, streifte ihren engen Rock zurecht, klopfte an die Tür ihres Chefs und öffnete.

Unwillkürlich verglich Ute den Staatsanwalt mit den Herren der Möbelfirma und stellte fest, dass er ihnen äußerlich in nichts nachstand, weder im Blick auf die Kleidung, noch auf seine sonstige Erscheinung: etwas größer als Herr Karcher und genauso sportlich wirkend, obwohl jener etliche Jahre jünger war.

Dr. Fischer erhob sich hinter seinem Schreibtisch aus dem großen Ledersessel und kam ihnen mit einem offenen Lächeln entgegen. Er begrüßte die beiden und bat sie, an dem länglichen Besprechungstisch Platz zu nehmen. Seine braunen Augen hinter der runden Goldrandbrille schauten interessiert und erwartungsvoll, als er nach dem Stand der Ermittlungen fragte.

Alex war über die Formulierung seiner Kollegin überrascht: „Wir können mit einem Paukenschlag eröffnen: heute früh gab es einen vermeintlichen Suizid, der den Fall zu einem Abschluss bringen könnte.“

Der Staatsanwalt unterbrach sie: „Wenn Sie vermeintlich sagen und im Konjunktiv sprechen, höre ich deutlich heraus, dass dieser Paukenschlag Ihrer Meinung nach kein Schlussakkord ist, sondern dem Stück nur eine neue Wendung geben soll.“

Ute berichtete nun chronologisch, was sie bisher in Erfahrung gebracht und welche Verstrickungen und Motive sich ergeben hatten. Sie endete mit der Schilderung des Vormittags.

Dr. Fischer stützte das Kinn in seine linke Hand. „Ich gebe Ihnen recht: wir sollten keine voreiligen Schlüsse ziehen und womöglich dem Täter einen Freibrief ausstellen. Gerade in diesen Kreisen ist ein sorgfältiges Vorgehen besonders wichtig."

Ein direkter Blickkontakt war nicht nötig – Alex sah im Geiste den kleinen Triumph in Utes Augen.

„Das gleiche gilt natürlich im Blick auf die Presse. Auch hier ist besondere Umsicht geboten, aber da kann ich mich ja getrost auf Sie verlassen. Nun, dann sind wir gespannt, ob der Obduktionsbericht ungewöhnliche Erkenntnisse bringt. Sie halten mich auf dem Laufenden." Er stand auf und verabschiedete sich von den beiden Kommissaren.

Im Auto platzte Alex heraus: „Wir können mit einem Paukenschlag eröffnen! Das war ja richtig großes Kino."

Seine Kollegin lächelte zufrieden: „Tja, ich habe offensichtlich den rechten Ton getroffen, um im Bild zu bleiben. Vielleicht hat er eine Schwäche für Musik. Jedenfalls können wir jetzt in Ruhe weiterarbeiten."

****

Als Ute gegen Abend nach Hause kam, war Herr Eberhard im Garten tätig. Man hatte als Hausgemeinschaft beschlossen, die Thujahecke, die im Lauf der Jahre beachtliche Ausmaße angenommen hatte, zu entfernen, was sich allerdings als äußerst aufwändiges Projekt erwies. Torben, der bei der Arbeit half, hatte Ute als erster entdeckt und stürzte auf sie zu. „Ich habe einen Schatz entdeckt!" Stolz hielt er ein paar Pfennigstücke noch aus der D-Mark-Zeit in der Hand. Seine Gummistiefel waren verdreckt und, weil ihm vor Aufregung heiß geworden war, trug er seinen blauen Anorak offen.

Ute verkniff sich ein Schmunzeln und ermunterte ihn, weiterzusuchen.

Herr Eberhard hielt in seiner Arbeit inne und fragte: „Und, klärt sich der Fall?“

Sie ging auf ihn zu, um nicht gleich die ganze Nachbarschaft mit der Information zu beglücken: „Im Gegenteil. Hätten Sie vielleicht Zeit für einen kurzen Mittwochskrimi?“

Mit einem verschmitzten Lächeln fragte er zurück: „Nach den Nachrichten?“

Da es für beide vor langer Zeit zu einem geflügelten Wort geworden war, erübrigte sich eine Antwort fast. Dennoch bestätigte Ute: „Nach den Nachrichten passt es wunderbar.“

Er nahm seine Arbeit wieder auf, und Ute ging ins Haus. Schon als sie den Briefkasten öffnete, hörte sie, dass Leonie auf ihrer Geige übte. Da sie die Ausdauer des kleinen Mädchens kannte, war ihr klar, dass es wenig Sinn hatte, jetzt ein Buch zur Hand zu nehmen. Ablenkung boten zunächst eine ganze Reihe von E-Mails, die noch gelesen und beantwortet werden mussten. Danach blätterte sie durch die Zeitung bis zum Beginn der Tagesschau. Nach der Wettervorhersage ging sie nach oben und läutete.

Frau Eberhard bat sie freundlich herein: „Guten Abend, Frau Becker. Da haben Sie einen guten Termin erwischt, ich möchte nämlich sehr gerne den Mittwochsfilm im Ersten anschauen und meine Beine ein bisschen hochlegen. Arno ist ja kein großer Fernsehfreund, wie Sie wissen und da können Sie beide sich in seinem Arbeitszimmer mit Ihrem Fall befassen, er erwartet Sie schon. So sind beide Parteien zufrieden.“

„Dann sollten Sie sich aber gleich zurückziehen, damit Ihnen nicht zu viel vom Anfang entgeht. Manchmal passieren die wichtigen Dinge fast schon im Vorspann. Viel Spaß, ich finde mich zurecht.“ Die Wohnung war zugeschnitten wie ihre eigene und unterschied sich doch durch die Einrichtung vollkommen. Sie ging rechts neben dem Garderobenschrank den kurzen Flur entlang, die Tür zum Arbeitszimmer war offen. Außer einem Schreibtisch, auf dem einige aufgeschlagene Bücher und Hefte lagen, gab es ein Bücherregal, das die ganze Wand entlangging und bis obenhin gefüllt war, sowie eine kleine Sitzecke gegenüber mit zwei gemütlichen Sesseln und einer alten Stehlampe. Auf dem Tischchen standen zwei Gläser und eine Flasche Rotwein bereit.

„Guten Abend, Herr Eberhard, ich freue mich, dass Sie sich mal wieder Zeit nehmen für die menschlichen Abgründe!“ Sie lächelten sich zu und nahmen Platz.

Nachdem Herr Eberhard Wein eingeschenkt hatte, erhob er sein Glas und schaute sein Gegenüber aufmerksam an: „Ich bin sehr gespannt!“

Ute nahm einen Schluck Wein und begann: „Heute früh hat uns der Firmenchef angerufen und berichtet, dass sich seine Sekretärin umgebracht habe. Wir haben uns natürlich gleich ein Bild vor Ort gemacht: sie lag nahezu leblos in ihrem Büro, war aber noch nicht tot. Der Notarzt hat sie intubiert und ins Krankenhaus gebracht, wo sie dann kurz darauf verstorben ist. Alles deutet auf Selbstmord hin.“

Seine Augenbrauen hoben sich ein wenig. „So, wie Sie das gerade sagen, scheinen Sie davon nicht überzeugt zu sein. Denken Sie, dass jemand diesem Selbstmord nachgeholfen hat?“

„Sie haben ein Gespür für Zwischentöne. Ja, ich habe Zweifel an der Sache. Mir kommt es so vor, als wolle jemand die Ermittlungen beenden und von sich ablenken. Ein Suizid mit Bekenntnis zum Mord wäre eine saubere Lösung.“

Er nickte: „Da stimme ich Ihnen zu, aber wenn ich mich recht erinnere, sagten Sie doch, dass diese Sekretärin ihrem Chef sehr verbunden war und nicht mit ansehen konnte, wie es mit seiner Firma eventuell bergab gehen würde.“

„Ja, aber muss sie sich jetzt noch selbst umbringen und damit womöglich ihrem Chef zusätzliches Leid antun, wenn er sie auch noch verliert? Es ist durchaus möglich, aber für mich ist es nicht ganz stimmig. Ich glaube, es ist mir einfach zu glatt.“ Sie lehnte sich in ihrem Sessel zurück. „Wir werden die Ergebnisse der Obduktion abwarten und danach in der Firma erneut mit einigen Leuten reden. Irgendwo muss es ein paar Puzzleteile geben, die das Bild vervollständigen.“

Anerkennend sagte Herr Eberhard: „Eine mühsame Arbeit! Da bin ich gespannt, wie sich das auflöst!“

Sie plauderten noch ein wenig, Ute hörte dem Pfarrer gerne zu, wenn er von früher erzählte. Als sie auf die Uhr schaute, war sie überrascht, wie spät es geworden war und bedankte sich für den netten Abend. Als sie in den Flur trat, kam auch Frau Eberhard aus dem Wohnzimmer. Man sah ihr an, dass der Film keine leichte Kost gewesen war, sondern sich mit einer ernsthaften Problematik auseinander gesetzt hatte. Da sie ihre Nachbarin nicht mit zusätzlichen Problemen belasten wollte, wünschte sie ihr nur eine gute Nacht. Den Inhalt des Filmes würde sie mit ihrem Mann besprechen.

****

Donnerstag

Es war merklich kühler geworden, obwohl der Himmel strahlend blau war, und Ute entschied sich für Handschuhe und ein Wollstirnband, um die Ohren zu wärmen. Im Büro fand sie einen Gruß aus der EDV-Abteilung auf ihrem Schreibtisch: „Ein Tässchen heiße Ingwerbrühe gibt Kraft für alle Tagesmühe.“ Sie freute sich über die kleine Aufmerksamkeit, gab Frau Stiegelmaier die Wurzel und bat sie, ein Ingwerwasser zu kochen.

Alex ließ sich auf seinen Bürostuhl fallen. „Ich bin schon wieder wie erschlagen. Für meinen Geschmack ist es langsam wieder gut mit schönem Wetter. Ich weiß gar nicht, wo das noch hinführen soll mit der Klimaverschiebung. Wenn es dumm läuft, blühen in ein paar Jahren auch im Winter noch alle möglichen Gräser, und unsereiner bekommt überhaupt keine Ruhe mehr.“

Frau Stiegelmaier brachte eine dampfende Kaffeetasse herein und reichte der Kommissarin ein Fax von Dr. Blauthaler. An ihren Kollegen gewandt sagte Ute: „Er überschlägt sich mal wieder, was die Ausführlichkeit anbelangt: ‚GHB-Überdosierung + atemdepressiv wirkendes Medikament – für Suizid äußerst ungewöhnlich.‘ Hast du eine Ahnung, was GHB sein soll?“

„Nein, aber ich könnte googeln oder Dr. Färber anrufen.“

„In diesem Fall wäre mir eine Auskunft von Dr. Färber lieber, danach kannst du immer noch eine Recherche starten.“

Er hob die Hand wie zu einem Friedensgruß und wählte die Nummer des Pathologen. Glücklicherweise meldete sich direkt der Assistent, so dass Dr. Blauthaler keine unnötigen Worte wechseln musste. Alex erkundigte sich nach dem Obduktionsergebnis.

„Wir konnten Gamma-Hydroxybuttersäure, kurz GHB, nachweisen. Im Volksmund nennt man das K.-o.-Tropfen. Wäre die Frau nicht ins Krankenhaus gekommen, wäre der Nachweis unter Umständen gar nicht gelungen, da GHB analytisch nur in einem sehr engen Zeitfenster zu erfassen ist. Aber in der Klinik nehmen sie ja immer gleich Blut ab und haben außerdem eine Urinprobe mitgeschickt."

Alex unterbrach ihn: „Halt, das verstehe ich jetzt nicht. Wie können sie denn eine Urinprobe mitschicken? So wie die Frau ausgesehen hat, gibt die doch keinen Urin mehr ab!"

Die Antwort kam in dem milden Ton, in dem jemand einem anderen, der mit der Materie üblicherweise nichts zu tun hat, eine Selbstverständlichkeit erklärt. „Da haben Sie natürlich recht, aber wer bewusstlos ins Krankenhaus eingeliefert wird, bekommt meist ziemlich schnell einen Dauerkatheter. Irgendwo muss der Urin ja hin – und dann doch lieber in einen Katheterbeutel."

„Kapiert!"

„Also zurück zu den K.-o.-Tropfen: in der Kombination der Tropfen mit einem atemdepressiv wirkenden Medikament kommt es zu lebensbedrohlicher Atemdepression und Herzrhythmusstörungen, tja und genau so war es. Es hätte auch zu Übelkeit und Erbrechen kommen können, dann wäre es vermutlich zu einem Erstickungstod durch Aspiration gekommen. So oder so – bei der verabreichten Dosis hatte sie keine Chance zu überleben."

Alex stellte ihm ein paar Verständnisfragen und bedankte sich dann. „Ich wollte ihm die Gelegenheit geben, noch ein bisschen zu reden, wer weiß, wann er dazu wieder eine

Chance hat heute. Nicht jeder ist von netten Kollegen umgeben."

„Hast du gut gemacht! Dr. Blauthaler hat ja in seinem Fax bestätigt, dass es sich eher um Mord handelt. Als nächstes interessiert mich, was die Spusi herausgefunden hat." Sie drückte die Kurzwahltaste, wartete, bis Gerd sich meldete und fragte nach den Ergebnissen der Untersuchung.

„An der Tasse sind nur ihre eigenen DNA-Spuren, anders sieht es bei dem Brief aus, da gibt es eine deutliche andere DNA, aber ich gehe davon aus, dass sie dem Chef der Frau zuzuordnen ist, denn du hattest gesagt, dass er den Brief gelesen hat. Auf die Idee, vorher Handschuhe anzuziehen, kommt in der Aufregung einer solchen Situation ja keiner. Wir haben den Brief an Rüdiger Schiller ins LKA nach Stuttgart weitergeleitet zur Erstellung eines forensischen Schriftgutachtens. Ich kenne ihn von früher, wir waren mal eine Zeit lang zusammen beim BKA. Er ist ein super Schriftsachverständiger, ein kriminaltechnischer Tüftler. Zum Echtheitsnachweis der Unterschrift braucht er natürlich ein Schriftstück mit einer Originalunterschrift der Toten zum Vergleich, dafür müsstet ihr noch sorgen." Fast amüsiert fügte Gerd noch an: „Außerdem hat er sich mal intensiv mit Graphologie befasst. Er ist sich zwar darüber im Klaren, dass sie nicht als Wissenschaft anerkannt ist, aber er behauptet steif und fest, dass er Zusammenhänge zwischen Handschrift und Persönlichkeit feststellen kann. Für seine Gutachten darf er das zwar nicht benutzen, aber vielleicht könnte er doch einen kleinen Hinweis liefern. Mehr habe ich leider nicht zu bieten."

„Das ist doch schon mal was. Wir werden eine Unterschrift besorgen und sie diesem Herrn Schiller zukommen lassen. Meldet er sich bei dir, wenn er soweit ist?"

„Nein, ich habe ihm gesagt, dass er sich direkt an euch wenden soll, falls ihr dann noch Rückfragen habt, dann lässt sich das gleich klären."

„Super, danke! Meinst du, er braucht lange, bis er etwas sagen kann?"

Man hörte bei der Antwort, dass Gerd lächelte: „Er ist von seiner Arbeit fast besessen, deshalb gehe ich davon aus, dass er sich sofort auf die Unterschrift stürzt und mit den physikalisch-technischen Untersuchungen beginnt und nicht eher aufhört, bis er etwas dazu sagen kann."

„Gut, dann bin ich gespannt. Dir weiter einen guten Tag und wenn dir zufällig doch noch etwas ein- oder auffällt, melde dich. Tschüss!" Sie blies vorsichtig in ihre Tasse, nahm einen Schluck und sagte: „Schmeckt auch kalt, ich trinke es später. Alex, Ettlingen wartet auf uns, und irgendjemand wäre bestimmt froh, wenn wir nicht kämen. Leider wissen wir noch nicht, wer das ist, aber es ist alles eine Frage der Zeit!"

Er schüttelte seine Schneekugel. „Deinen Schwung und Optimismus hätte ich auch mal gerne, vielleicht probehalber einen Tag." Seufzend erhob er sich aus seinem Stuhl und schloss sich seiner Kollegin an.

Die Strecke nach Ettlingen war beiden inzwischen ebenso vertraut wie das Innere der Firma. Nachdem sie eingetreten waren, wandte Ute sich direkt an Frau Scholl. „Guten Morgen, Frau Scholl, hätten Sie ein wenig Zeit für uns?"

Die Angesprochene war überrascht, aber stellte sich gerne zur Verfügung.

„Wir versuchen, den gestrigen Vormittag zu rekonstruieren und da könnten Sie eine große Hilfe sein. Sie haben ja alles im Blick. Wie läuft das hier ab? Gibt es einen festen Arbeitsbeginn oder haben die Mitarbeiter Gleitzeit?"

„Es gibt keinen Beginn, der für alle Mitarbeiter gleich ist, da es unterschiedliche Anforderungen gibt. Ich bin beispielsweise für den direkten Kundenkontakt zuständig, deshalb muss ich zu den offiziellen Öffnungszeiten anwesend sein, während Mitarbeiter der Fertigung teilweise schon sehr früh beginnen."

„Wann kommen Sie also morgens zur Arbeit und erinnern Sie sich, wen Sie gestern gesehen haben?"

„Wir öffnen um neun Uhr, und ich beginne um halb neun, weil der Anrufbeantworter abzuhören ist und auch sonst ist etliches zu erledigen. Gestern Morgen…" sie hielt inne und versuchte sich zu erinnern. „Herr Hochstätt kam fast zur gleichen Zeit wie ich, wir treffen uns meistens morgens. Die anderen Mitarbeiter müssen schon da gewesen sein. Selbst Frau Roth kommt mittwochs ziemlich früh, weil sie auf dem Rüppurrer Wochenmarkt vorbeigeht und frischen Salat und Gemüse einkauft. Als Herr Karcher kam, waren Sie ja schon im Haus und im Gespräch mit Herrn Hochstätt." Sie ließ noch einmal in Gedanken den gestrigen Vormittag an sich vorüberziehen, es fiel ihr aber nichts weiter ein.

„Da Sie Frau Roth gerade erwähnten, wann kommt sie denn an den anderen Tagen ins Haus?"

„Meist erst gegen halb zwölf, weil sie das warme Essen mitbringt und es möglichst frisch servieren möchte."

Alex stutzte: „Das verstehe ich nicht ganz: wir hatten letzten Mittwoch doch auch ein warmes Essen hier. Holt sie das dann später, oder wie funktioniert das?"

Frau Scholl lächelte: „Genau so funktioniert das. Sie bereitet die Salate und das Gemüse selbst zu und fährt später nochmal los, um die warmen Komponenten zu holen."

Ute bedankte sich und bat sie, Herrn Hochstätt Bescheid zu geben, dass sie gerne mit ihm sprechen würden.

Im Aufzug sagte Alex: „Dass Frau Roth schon im Haus war, hat mich jetzt doch überrascht, mit der hatte ich überhaupt nicht gerechnet. Ich hätte erwartet, dass sie erst im Laufes des Vormittags kommt, und so ist es ja auch normalerweise.“

„Ja, das kann einem zu denken geben: muss es ausgerechnet mittwochs passieren, wenn sie früher kommt als sonst?“

Sie klopften an die Bürotür und traten ein, nachdem sie ein dunkles „Ja, bitte“ gehört hatten. Gemeinsam nahmen sie in der Sitzecke Platz, der Blick auf die sonnenbeschienenen Streuobstwiesen passte nicht zur trüben Lage.

„Herr Hochstätt, wir wissen nun, dass Ihre Sekretärin durch K.-o.-Tropfen ums Leben gekommen ist. Zum Abgleich der Unterschrift brauchen wir ein Schriftstück, auf dem Frau Thielmann unterschrieben hat – da findet sich doch bestimmt etwas, oder?“

Er dachte nach: „Ich werde nachsehen. Meist hat sie Dinge, die zu erledigen sind, nur mit einem Kürzel abgezeichnet, aber es sollte sich auch etwas mit ihrer Unterschrift finden.“

Alex warf ein: „Es muss ja nicht unbedingt etwas Dienstliches sein, es könnte auch ein privates Schreiben oder etwas Ähnliches sein.“

Er erntete einen abwertenden Blick, aber Ute kam ihm zu Hilfe: „Mein Kollege meint, dass Frau Thielmann vielleicht eine Urlaubsbuchung für Sie übernommen und unterschrieben hat.“ Alex nickte ihr erleichtert und dankbar zu.

„Wie gesagt, ich werde schauen, wie ich Ihnen behilflich sein kann.“

„Gut, dann würden wir uns in der Zwischenzeit gerne mit Frau Zieger unterhalten und kommen danach noch einmal bei Ihnen vorbei." Sie standen auf, die beiden Kommissare verließen das Zimmer und gingen zu Simones Büro.

Nach dem Klopfen wurden sie hereingebeten und waren überrascht, auch Herrn Karcher hier anzutreffen, der aber sofort signalisierte, dass er ohnehin gerade gehen wollte. Ute fand, dass er von Tag zu Tag schlechter aussah. Die Sorge um die Geschehnisse in der Firma schienen ihn mehr zu belasten als seinen Schwiegervater, oder jener ließ es sich nicht im gleichen Maß anmerken. Im Gegensatz zu Herrn Karcher sah Simone wie das blühende Leben aus: unter ihrem kurzen Rock trug sie schwarze Leggins, die ihre wohl geformten Beine betonten, und zu ihrem hellgrauen Pulli mit V-Ausschnitt eines ihrer unverzichtbaren Halstücher, heute in einem kräftigen Pinkton.

„Herr Karcher, hätten Sie anschließend ein paar Minuten für uns?"

Nach einem kurzen Blick auf seine Armbanduhr antwortete er: „Selbstverständlich, ich erwarte Sie." Er ging hinaus und zog die Tür sachte hinter sich zu.

Simone lud die Kommissare ein, Platz zu nehmen. Der Hauch eines angenehm leichten Parfums hing in der Luft, auf dem Arbeitstisch der Designerin stand eine frische Rose. Der Schreibtisch, an dem Nicole gearbeitet hatte, war geordnet: alle Unterlagen waren zusammengeräumt und aufgestapelt.

„Frau Zieger, wie Sie sich denken können, befassen wir uns mit dem gestrigen Vormittag. Wann sind Sie da ins Haus gekommen?"

Simone öffnete auf ihrem PC den Kalender und murmelte: „Gestern? Ah ja, da hatte ich um elf Uhr einen Termin mit Frau Gerber und nachmittags mit Herrn Dr. Böckelmann." Ihr Gesichtsausdruck nahm weiche Züge an. „Ich bin wie immer kurz vor halb neun gekommen.“

„Hat Sie jemand gesehen?“

„Sie meinen wohl, ob ich ein Alibi habe? Das tut mir leid, damit kann ich nicht dienen, zumindest ist mir niemand bewusst, der mir begegnet wäre.“ Ihre Stimme hatte einen herausfordernden Klang angenommen.

Ute fuhr unbeirrt fort. „Wissen Sie, ob Frau Thielmann feste Gewohnheiten oder Rituale hatte, wie sie einen Tag begann?“

„Nahezu jeder in der Firma weiß, dass sie ihren Tag damit begann, sich eine Tasse Grüntee zuzubereiten. Zu ihrem runden Geburtstag hatten wir vereinbart, sie mit einer Teeaktion zu überraschen: jeder hat ihr einen Gutschein mit einer bestimmten Sorte Grüntee geschenkt, so dass sie über einen sehr langen Zeitraum hinweg frischen Tee hatte. Sie hatte sich damals riesig gefreut.“ Ihr Blick blieb an der Rose hängen. „Und nach ihrer Teezeremonie hat sie alles für den Chef vorbereitet. Die Sache mit den Pralinen kennen Sie ja schon.“

„Sie haben es nicht weit bis in ihr Büro. Sie hätten ihr ein paar Tropfen in diesen Grüntee geben können.“

„Und wie stellen Sie sich das vor? Ich gehe zu ihr und sage: Frau Thielmann, ich habe da etwas für Ihren Tee. So in der Art?“

Alex war über den schnippischen Ton irritiert und griff ein. „Sie haben eben selbst die Pralinen erwähnt. Da bräuchten Sie ja nur abzuwarten, bis sie die wegbringt, und schon können Sie völlig ungestört in das Büro, zumal Herr Hochstätt etwas später kommt.“

„Das stimmt, so hätte es laufen können, aber ich habe ihr nichts in den Tee getan!“

Ute fragte ruhig: „Fällt Ihnen etwas ein, was uns in dieser Situation weiterbringen könnte?“

Ein spitzes Lächeln: „*Sie* sind die Experten!“

„Sie fühlen sich wohl inzwischen sehr sicher? Wenn Ihnen dennoch etwas in den Sinn kommt, lassen Sie es uns wissen. Auch Sie wären an unserer Stelle für Kooperation dankbar.“ Ute hatte mit Bestimmtheit gesprochen, nahm den schwarzen Rucksack und nickte ihrem Kollegen zu. Im Flur blieb sie stehen und atmete tief durch, Alex schüttelte im Geist seine Schneekugel und murmelte: „Zicke!“

Herrn Karchers Büro wirkte hell und großzügig. Er hatte einen Besprechungstisch, um den blaubezogene Stühle standen, an der Wand ein Whiteboard mit Stiften und Magnetknöpfen. Auf seinem Schreibtisch standen drei graue Ablagekörbe, neben dem PC stapelte sich einiges an Papier. Mit Blick auf diese Stapel sagte er in fast entschuldigendem Ton: „Ich konnte mich in den letzten Tagen einfach nicht recht konzentrieren. Normalerweise habe ich lieber Ordnung auf dem Tisch.“ Alex hatte Mühe, sein Problem zu verstehen, denn verglichen mit seinem eigenen Schreibtisch war das hier eine freie Fläche. Sie nahmen Platz und Ute fragte Herrn Karcher in mitfühlendem Ton, wie es ihm und seiner Familie gehe.

Er verschränkte die Arme. „Was soll ich sagen? Es ist nichts mehr wie zuvor!“ Er seufzte und schaute an den Kommissaren vorbei. „Das fängt schon morgens an, wenn ich ins Bad komme und ihre Sachen liegen nicht mehr da herum. Meine Schwiegermutter hat alles weggeräumt oder entsorgt, weil sie meinte, dann fiele es uns leichter, uns an die neue Situation zu gewöhnen. Wahrscheinlich hat sie recht, ich hätte es nicht über mich gebracht.“ In Gedanken schien er durch den Tag zu schreiten. „Und dann sitzt beim Frühstückstisch Eleonore an ihrem Platz. Ich bin froh, dass sie bei uns ist, ich weiß nicht, wie das mit den Kindern sonst gehen sollte.“

„Haben Sie sich schon Gedanken gemacht, was aus Ihrer Tochter werden soll, wenn Ihre Schwiegermutter wieder zurückfliegt?“

Man sah ihm an, dass ihm die Antwort schwerfiel: „Wir überlegen, ob es für Saskia nicht das Beste wäre, wenn sie in ein Internat ginge. Eleonore hat versprochen, so lange zu bleiben, bis diese Dinge geregelt sind.“

„Das ist bestimmt alles sehr schwer für Sie und ich wünsche Ihnen viel Kraft für diese Schritte. Kehren wir in die Firma zurück: wie kommen Sie und Ihr Schwiegervater denn jetzt ohne Sekretärin zurecht?“

Er schien dankbar für den Themenwechsel, ein leichtes Lächeln umspielte seine Lippen, als er antwortete: „Wir haben hier sehr kompetente Mitarbeiter, die ihre Aufgaben weitgehend eigenverantwortlich managen. Außerdem ist im IT-Zeitalter vieles einfacher als früher, was den Schriftverkehr anbelangt. Aber Sie haben natürlich recht: es gibt eine Lücke, Frau Thielmann hat sich insbesondere um die Belange meines Schwiegervaters umsichtig gekümmert, ihm die aktuellen Vorgänge auf den Tisch gelegt und ähnliches mehr.“ Er schlug die Beine übereinander und wirkte plötzlich viel entspannter. „Wie es der Zufall will, fängt im November eine neue Sekretärin bei uns an und bis dahin werden wir gut überbrücken können. Ursprünglich war es so gedacht, dass sie eine gewisse Überlappungsphase mit Frau Thielmann hat und sich in Ruhe einarbeiten kann, bis ihre Vorgängerin den Ruhestand antritt. Das wird nun anders laufen, aber sie wird unsere volle Unterstützung haben, insbesondere von mir.“ Er zögerte etwas, ergänzte dann aber doch: „Es hat auch den Vorteil, dass manche Dinge von vornherein anders angegangen werden können, als das bisher der Fall war, es gibt Traditionen, mit denen man irgendwann auch einmal brechen muss.“

„Wann haben Sie denn gestern das Haus betreten?“

Die Überraschung war ihm anzusehen: „Aber das wissen Sie doch, ich kam direkt ins Büro meines Schwiegervaters, nachdem mich Frau Scholl am Eingang über das Unglück informiert hatte.“

„Gibt es jemanden, der bestätigen kann, dass sie zwischen sieben und halb neun nicht in der Firma waren?“

Ungläubig schaute er sie an. „Sie wollen doch nicht etwa andeuten, dass ich mit dem Tod von Frau Thielmann etwas zu tun haben könnte?“

Möglichst sachlich erwiderte sie: „Beantworten Sie einfach meine Frage: gibt es jemanden?“

Er schüttelte verständnislos den Kopf und dachte nach. „Unsere Haushälterin wird Ihnen bestätigen, dass ich erst gegen neun Uhr das Haus verlassen habe.“

„Gut, wir werden das überprüfen. Können Sie sich vorstellen, wer zu einer solchen Tat fähig wäre?“

„Sind Sie denn sicher, dass es kein Selbstmord war? Es gibt doch diesen Brief.“

„Wir gehen den unterschiedlichen Spuren nach, deshalb würde ich nochmal auf meine Frage zurückkommen wollen.“ Sie schaute ihn erwartungsvoll an.

Er zuckte mit den Schultern. „Frau Thielmann war eine liebenswerte ältere Dame. Ich habe keinerlei Idee, wer so jemandem etwas antun könnte, da gehört schon eine gewisse Kaltblütigkeit dazu.“

Die beiden Kommissare wechselten einen Blick und Ute nahm ihren Rucksack in die Hand. „Sollten Sie doch noch eine Idee bekommen, geben Sie uns Bescheid. Jetzt schauen wir noch kurz bei Ihrem Schwiegervater vorbei. Er wollte uns ein Schriftstück suchen mit der Unterschrift der Sekretärin.“

Sie gingen zum Büro von Herrn Hochstätt, der sie bereits erwartete. „Ich habe eine ziemlich aktuelle Unterschrift gefunden: dass ich da nicht gleich darauf gekommen bin: das Kündigungsschreiben. Frau Thielmann wollte ihren Ruhestand etwas früher beginnen und hat deshalb schriftlich gekündigt. Sie hat die offizielle Altersgrenze noch nicht ganz erreicht und hat davon gesprochen, dass wir dann fast zur gleichen Zeit die Firma verlassen." Er stockte. Die Bedeutung dieser Worte schien sich ihm gerade erst zu erschließen. „Ich habe Ihnen eine Kopie gemacht." Er reichte Ute ein Schriftstück, doch diese widersprach: „Mit einer Kopie können wir in einem solchen Fall nicht viel anfangen. Wir nehmen das Original mit, Sie bekommen es nach der Prüfung für Ihre Akte zurück."

Zögerlich öffnete Herr Hochstätt die Mappe, die auf seinem Schreibtisch lag und entnahm ihr das Originalschreiben. Er reichte es der Kommissarin und legte die Kopie zurück.

„Vielleicht haben Sie noch einen stabilen Umschlag für uns, damit das Dokument nicht geknickt wird."

Er überlegte, nahm dann kurzerhand die Kopie wieder aus der Mappe heraus und gab diese weiter. „Ich habe keine Umschläge in meinem Büro. Das hat alles Frau Thielmann erledigt."

In ihren Augen war Mitgefühl: „Das wird eine Umstellung für Sie geben!"

Er wich ihrem Blick aus, nickte und richtete sich demonstrativ auf. Auf Ute wirkte es, als ob er nach außen keine Schwäche zulassen wolle. Sie bedankte sich für das Dokument, wünschte noch einen guten Tag und verabschiedete sich.

Im Aufzug sagte sie zu Alex: „Das ist doch unglaublich, wie der Mann das wegzustecken versucht. Dabei hätte jeder vollstes Verständnis, wenn er mal eine menschliche Regung zeigen würde."

„Vielleicht ist er gar kein richtiger Rüppurrer, sondern hat seine Wurzeln irgendwo in Preußen? So wie du immer über deine Rüppurrer sprichst, scheinen die zumindest einen guten Kern zu haben."

Ute schmunzelte: „Ja, auch wenn sie es nicht alle zeigen können!"

Sie waren unten angekommen, warfen Frau Scholl im Vorbeigehen einen freundlichen Blick zu und fuhren wieder zurück ins Dezernat. Nachdem sie eingetreten waren, stutzte Ute: eine solche Haarfarbe hatte sie bisher nur einmal gesehen. Sie rief: „Frau Mac Philly?"

Die Frau mit dem karierten Wollumhang und den bunten Hosen drehte sich überrascht um. Als sie die Kommissare erkannte, ging sie auf sie zu.

„Was machen Sie denn hier?"

Eleonore verdrehte die Augen: „Ich hole Philipp ab!"

„Philipp?"

„Man hat ihn gestern Nacht in einer Karlsruher Disko bei einer Razzia mit Drogen erwischt. Er war noch ein wenig benebelt, aber nicht so, dass man ihn im Krankenhaus hätte überwachen müssen und so hat man ihn hierher mitgenommen und über Nacht da behalten. Aus pädagogischen Gründen ist das wohl auch eindrücklicher als eine Nacht in der Klinik. Vorhin wurde ich angerufen, dass ich ihn abholen könne."

Ute war es unangenehm, dass sie sich mitten auf dem Flur über eine solche Problematik unterhielten. „Wollen Sie kurz mit uns ins Büro kommen, dann brauchen wir nicht hier, wo uns jeder hören kann… Philipp wird noch ein paar Minuten warten können."

Frau Mac Philly nickte und folgte ihnen. Im Büro forderte Ute sie auf, Platz zu nehmen. „Ich bin sofort bei Ihnen, ich muss nur meiner Sekretärin etwas geben, das sie in der Zwischenzeit weiter bearbeiten kann.“ Sie ging zurück zu Frau Stiegelmaier, reichte ihr die Mappe und bat sie: „Könnten Sie das möglichst umgehend auf den Weg bringen ins LKA nach Stuttgart und zwar ins Kriminaltechnische Institut an einen Herrn Rüdiger Schiller. Es geht um die Schriftvergleichung mit dem Brief von Frau Thielmann.“

Das Wort „umgehend“ wäre nicht nötig gewesen. Frau Stiegelmaier erkannte schon an der Art, wie Ute sprach, dass es sich um einen dringlichen Auftrag handelte und nahm die Mappe entgegen, als ob sie gleich selbst nach Stuttgart fahren wolle.

Zurück im Büro fragte Ute Frau Mac Philly: „Sie sprachen von Drogen. Wissen Sie, um was für eine Sorte von Drogen es sich handelt?“

„Keine Ahnung, ich hoffe mal, dass es nichts Schweres war.“ Sie seufzte tief. „In dieser Familie geht gerade alles drunter und drüber. Es fehlt ihnen der Halt. Ich kann mir zwar nicht vorstellen, dass meine Tochter einen solchen Halt gegeben hat, aber jetzt, nach ihrem Tod, scheint alles aus dem Ruder zu laufen!“ Sie nahm das Wolltuch ab und legte es über ihre Knie. „Mein Schwiegersohn und ich haben uns Gedanken gemacht über Saskia und kamen zu dem Schluss, dass es wohl das Beste wäre, wenn sie in ein Internat käme. Wenn ich ehrlich bin, komme ich mir ihr gegenüber wie eine Verräterin vor, aber ich kann sie ja nicht einfach mit nach Irland nehmen! Meiner Meinung nach gehört eher Philipp in ein Internat, wenn noch etwas aus ihm werden soll.“ Ein Kopfschütteln gab ihrer Verzweiflung und Unsicherheit Ausdruck.

„Apropos Philipp: wir können ihn hierher bestellen, dann können wir mit ihm auch noch gleich ein paar Worte wechseln.“ Ute warf Alex einen bittenden Blick zu, worauf er bei den Kollegen anrief und dann sagte: „Sie bringen ihn.“

Es dauerte nicht lange, bis an die Tür geklopft wurde und ein Beamter Philipp abgab: blass, dunkle Ringe unter den Augen und umweht von einem unangenehmen Geruch. Er ließ sich auf einen Stuhl fallen und sah aus, als ob ihn das alles hier gar nichts anginge. Langsam zog er aus seiner Hosentasche ein Smartphone, tippte es an und wischte dann darauf herum. Ute gab Alex durch ein Zeichen zu verstehen, dass das sein Part sei. Er nahm seine Schneekugel in die Hand, schüttelte sie, stellte sie ab und ließ seinen Blick zwischen den Schneeflöckchen und Philipp hin und her schweifen. Man hätte eine Stecknadel fallen hören können.

Als nichts geschah, schaute Philipp irritiert auf. „Und, was geht ab?“

Gedehnt antwortete Alex: „Gute Frage! Noch interessanter ist allerdings, was gestern Abend abging, in der Disko.“

„Das habe ich doch schon dem anderen Typen erzählt!“ In der Stimme schwang Langeweile und Arroganz mit.

„Dann erzählst du es halt uns noch einmal. Also, wir hören!“

„Sind wir per du? Das wusste ich noch gar nicht, aber bitte, nur nicht so förmlich. Es genügt, wenn wir in der Familie auf Etikette achten“

Ute staunte, wie sehr sich Alex in der Kontrolle hatte. „Ich kann auch auf ‚Sie‘ umsteigen, wenn es hilft.“

Ein breites Grinsen: „Nicht nötig! Es gibt sowieso nichts zu erzählen. Ich war mit ein paar Kumpels in der Disko – und kann mich überhaupt nicht erinnern, was passiert ist.“

„Und was hast du genommen?“

„Liqu. Ecs.“

In Richtung Eleonore übersetzte Alex: „Liquid Ecstasy, das sind K.-o.-Tropfen und wirken in kleinen Mengen aufputschend.“ An Philipp gewandt fuhr er fort: „Wo hast du das Zeug her?“

Dieser zuckte mit den Schultern. „Warum, wollen Sie sich auch etwas besorgen?“

Seine Großmutter konnte sich nicht länger zurückhalten. „Philipp, jetzt nimm dich endlich zusammen! Wir sind hier nicht zum Vergnügen, also, gib vernünftige Antworten, ich will nicht ewig dableiben.“

„Ich weiß nicht, warum man so ein Drama daraus macht, andere haben sich Koks in die Nase gezogen und noch ein paar Schlaftabletten hinterher gepfiffen.“

Alex wechselte das Thema: „Kennst du Frau Thielmann?“

Die Überraschung auf dem Gesicht des jungen Mannes wirkte echt. „Frau Thielmann? Ja, natürlich kenne ich die! Die ist früher bei uns als Babysitter eingesprungen, wenn sich sonst niemand gefunden hat. Ich wäre ja alleine zu Hause geblieben, aber meine Mutter war in dem Punkt etwas hysterisch. Wenn sie abends ausgingen, hatte sie immer Angst, jemand bricht ein, entführt Saskia oder mich und will dann eine Unsumme Geld. Ich habe mich oft gefragt, ob es ihr um uns oder um das Geld ging. Es gab eine Reihe von Babysittern. Frau Thielmann war für uns eher die Notlösung, sie hat genervt, was fernsehen angeht und ähnliches.“

„Hattest du in letzter Zeit Kontakt zu ihr?“

„Geht's noch?“ Alex wurde mit einem abschätzigen Blick bedacht. „Was soll ich denn für einen Kontakt zu ihr haben? Ich bin aus dem Alter raus, wo ich einen Babysitter brauche.“

In Gedanken fragte sich Alex, ob er dieser Aussage zustimmen würde, verkniff sich aber eine bissige Bemerkung. „Wo warst du gestern Morgen zwischen sieben und halb neun?“

Mit ironischem Ton kam die Antwort: „Wo werde ich wohl gewesen sein? Das ist die Zeit, in der ich meinen morgendlichen Frühsport mache: ich jogge durch den Oberwald!“ Nach einer kleinen Pause ergänzte er: „Im Bett natürlich, wo denn sonst um diese Uhrzeit!“ Er rutschte unbehaglich auf seinem Stuhl herum.

„Wie sieht es mit Schule aus?“

„Jetzt fangen Sie auch noch damit an!“ In Richtung Eleonore sagte er: „Das war das Stichwort! Lass uns gehen, ich muss noch zur Schule.“

Alex wandte sich an Frau Mac Philly: „Können Sie das bestätigen, dass Philipp um die Zeit noch im Bett war?“

Sie lächelte verlegen. „Das mag komisch klingen, aber ich bin diejenige, die morgens joggt, an den Tennisplätzen und der Kleingartenanlage vorbei. Als ich um halb acht aus dem Haus bin, war Philipp noch in seinem Zimmer. Ich kam gegen neun zurück, da war er nicht mehr da, und ich ging selbstverständlich davon aus, dass er in der Schule war.“

„Wann fängt Ihre Haushälterin morgens an?“

„Frau Hauser hatte gestern einen freien Tag, ansonsten kommt sie um acht Uhr.“

Ute und Alex wechselten einen Blick: damit war das Alibi von Herrn Karcher zunichte.

Eleonore spürte, dass etwas nicht stimmte. „Darf ich fragen, warum diese Uhrzeit so wichtig ist?“

„Nun, es ist der Zeitraum, in dem Frau Thielmann das Gift zu sich genommen hat, das schließlich zu ihrem Tod führte.“

Als hätte sie den Sinn der Worte nicht verstanden, schaute Eleonore von Alex zu Philipp und wieder zurück. „Und Sie meinen, dass der Junge etwas damit zu tun haben könnte?“

Philipp warf schnippisch ein: „Der Junge ist auf dem Schulweg mal kurz bei Frau Thielmann vorbeigegangen und hat ihr Gift gegeben.“ Dann brummelte er noch: „Sie haben sie ja nicht alle!“

Seine Großmutter wandte sich empört an Alex: „Das geht mir doch zu weit. Was sollte er denn für ein Motiv haben?“

Ute kam ihrem Kollegen zu Hilfe: „Wir staunen oft selbst, was der Grund für einen Mord ist! Da kann es beispielsweise eine Ursache geben, die Jahre zurückliegt. Manches erschließt sich nicht auf den ersten Blick.“

„Da haben wir doch ein Motiv: ich durfte als Kind nicht so lange fernsehen, wie ich wollte! Dafür wollte ich sie schon immer umbringen, jetzt habe ich es getan!“ Philipp lehnte sich gelangweilt in seinem Stuhl zurück.

„Und wollen Sie ihn gleich dabehalten, bloß weil ich Ihnen nicht bestätigen kann, dass er um die fragliche Uhrzeit noch zu Hause war?“ Die Stimme seiner Großmutter klang gereizt.

„Das dürfen wir gar nicht. Aber Sie müssen uns auch verstehen: wir tun nur unsere Arbeit, und die ist manchmal nicht ganz einfach. Da müssen viele Puzzleteile zueinander finden, bis sich die Lösung klar herausstellt.“

Eleonore nahm ihr Tuch von den Knien. „Dann können wir jetzt gehen?“

Ute sagte verständnisvoll: „Ja, aber es kann durchaus sein, dass wir uns wieder melden, wenn sich neue Fragen ergeben. Ich denke, es ist auch in Ihrem Interesse, dass der

Tod Ihrer Tochter aufgeklärt wird, und vermutlich gibt es einen Zusammenhang zwischen ihr und Frau Thielmann."

Entschuldigend lenkte Eleonore ein: „Sie haben ja recht, aber meine Nerven sind auch nicht mehr ganz so stabil bei allem, was in den letzten Tagen passiert ist." Sie schaute ihren Enkel an. „Und dann noch die Sorge um Philipp. Mein Schwiegersohn sagte, dass er schon öfter erst in den Morgenstunden nach Hause gekommen sei, aber dass ich ihn bei der Polizei abholen soll, hat mir auch ganz schön zugesetzt." Sie stand auf und legte ihr Wolltuch um die Schultern.

Philipp steckte sein Smartphone, das er die ganze Zeit in der Hand gehalten hatte, wieder in seine Hosentasche. „Der Mörder ist also auf freiem Fuß? Ist das nicht gefährlich?"

Seine Großmutter zischte ihn an: „Jetzt ist es aber genug!" Bevor er weiter provozieren konnte, verabschiedete sie sich von den Kommissaren und verließ mit ihm das Büro.

Ute ging zum Fenster und riss es auf. „Diese Frau kann einem auch leidtun: zuerst verliert sie ihre Tochter, dann muss sie sich mit einem solchen Enkel herumschlagen und dass ihr Schwiegersohn unter Verdacht stehen könnte, will man ihr gar nicht anvertrauen!" Sie atmete tief die frische Luft ein. „Übrigens, ich war ziemlich überrascht, wie du die Ruhe bewahrt hast. Ich habe anfangs immer darauf gewartet, dass du mit der Faust auf den Tisch haust und den Knaben ordentlich zurechtweist."

Alex grinste. „Du glaubst gar nicht, wie schwer mir das gefallen ist. Ich hätte den Burschen am liebsten geschüttelt, aber ich lerne von dir. Das war psychologische Kriegsführung!"

„Ach so, psychologische Kriegsführung?! Wenn du so weitermachst, bringst du es vielleicht noch bis zum Polizeipräsidenten."

Mit gekünstelt demütiger Stimme antwortete er: „Das strebe ich gar nicht an. Es genügt mir, in deinem Schatten zu arbeiten."

„Witzbold! Also, du Schattenmann, wie gehen wir weiter vor?"

„Ich persönlich würde jetzt am liebsten direkt in die Kantine gehen."

Ute schaute auf die Uhr: „Was, schon wieder so spät? Essen wir hier oder dort? Ich würde gerne nochmal mit Frau Roth sprechen."

„Mir ist unsere Kantine lieber, außerdem gibt es heute Pommes und damit kann man dich doch normalerweise auch locken."

Sie lächelte: „Überredet! Zeit genug haben wir, denn bis Frau Roth alles aufgeräumt und ihre Container gepackt hat, sind wir längst in der Firma."

In der Kantine stellten sie sich in der langen Schlange an. Als sie an der Reihe waren, nahm Alex zu seinen Pommes eine Currywurst „mit Ketchup und Mayo!", während sich Ute für einen vegetarischen Bratling entschied. Sie ließ ihren Blick schweifen und sagte zu ihrem Kollegen: „Dort drüben sitzt Andrea, die haben wir ewig nicht gesehen. Setzen wir uns zu ihr?" Alex nickte gleichgültig, und sie steuerten den Tisch an.

„Hallo Andrea, du siehst ja gut aus! Hattest du Urlaub?"

Die beiden nahmen Platz. Andrea errötete ein wenig, als sie antwortete: „Ja, wir waren vierzehn Tage in Tirol zum Wandern. Ich hatte zunächst ein ganz schlechtes Gewissen meinem Vater gegenüber, aber die Heimleiterin hat uns sehr ermutigt, weil er sich inzwischen so gut eingelebt hat.

Sie meinte, ich könne ein bisschen Erholung gebrauchen.“ Sie trank einen Schluck Wasser. „Ich habe schon lange nicht mehr so gut geschlafen wie in diesem Urlaub, und wir hatten traumhaftes Wetter, ideal zum Wandern. Wir waren jeden Tag unterwegs und konnten uns abends an einen gedeckten Tisch setzen. Die Wirtin unserer Pension hat uns richtig verwöhnt.“ Aus ihrer Jacke holte sie ihr Smartphone und zeigte Ute ein paar Fotos der Gegend.

„Das freut mich für dich, du hast dich ja lange genug für deinen Vater aufgeopfert. Und wenn er sich so gut eingelebt hat, ist es auch für ihn besser, als wenn er immer das Gefühl haben müsste, er ist dir lästig. Du bist ja häufig bei ihm, oder?“

„Wenn nichts dazwischenkommt, fahre ich jeden Tag bei ihm vorbei, außer donnerstags, da ist mein Bruder dran. Ich bin seither auch viel ausgeglichener und habe erst im Nachhinein festgestellt, wie angespannt ich die ganze Zeit war, als er noch bei uns in der Wohnung lebte.“

Sie unterhielten sich noch eine Weile, verabschiedeten sich dann, und Ute und Alex machten sich auf den Weg nach Ettlingen.

****

Gerade als sie aussteigen wollten, verließen Simone und Herr Dr. Böckelmann die Firma, er hatte seinen Arm liebevoll um ihre Schulter gelegt, sie bedachte ihn mit einem innigen Blick.

Ute hielt Alex auf: „Lass das junge Glück noch einen Moment unbeschwert die Mittagspause genießen. Wie das vom Firmenchef gesehen wird, wenn es so privaten Kontakt zum Kunden gibt, weiß ich nicht!“

„Vielleicht ist der Kontakt verkaufsfördernd unter dem Motto ‚Liebe macht blind', sprich: er achtet nicht zu stark auf die Ausgaben."

„In dem Fall ist es wieder von Vorteil, dass Dr. Böckelmann nicht mehr von Nicole betreut wird. So, jetzt können wir uns aufmachen, sie sind außer Sicht."

Frau Scholl telefonierte, als sie die Firma betraten und winkte ihnen grüßend zu. Die beiden fuhren mit dem Aufzug in die oberste Etage zur Kantine. Alex blieb stehen und sagte: „So wie das hier riecht, bin ich doppelt froh, dass wir bei uns gegessen haben, es gab bestimmt wieder etwas Exotisches."

„Es geht doch nichts über Braten mit Soße! Sieht das Gabi auch so?"

Er zögerte. „Hm, bisher waren wir meistens beim Italiener oder haben selbst gekocht. Da hat sie keine komischen Vorschläge gemacht."

Die beiden Kommissare gingen auf die Küche zu, aus der man es klappern hörte. „Frau Roth, dürfen wir Sie stören?"

Die Angesprochene reagierte nicht sofort, sondern gab mit einem Gummischaber die Reste des schneeweißen Basmatireises in eine Dose. Nachdem diese geschlossen war, schaute sie mürrisch auf.

„Können wir uns einen Augenblick setzen? Wir haben noch ein paar Fragen an Sie."

„Dass ich hier noch einiges zu tun habe, scheint Ihnen nichts auszumachen, aber bitte, ich kann mich wohl schlecht gegen die Polizei wehren."

Ute überging den Einwurf, nahm auf einem Stuhl Platz, wartete, bis auch die beiden anderen saßen und fragte: „Wann sind Sie gestern Vormittag hier angekommen?"

Frau Roth zog ihre Baumwollhandschuhe aus. Sie sah aus, als ob sie jedes Wort auf eine Goldwaage legen wolle. „Gestern war Mittwoch, da gehe ich morgens auf dem Markt vorbei und nehme frische Sachen mit. Ich war ziemlich früh dran, weil nicht viel los war." Sie dachte nach. „Ich muss kurz nach acht hier gewesen sein."

„Und was haben Sie dann getan?"

„Was soll ich getan haben? Ich habe alles hier hoch gebracht, die Sachen im Kühlschrank verstaut und begonnen, das Gemüse zu putzen."

„Haben Sie Frau Thielmann gesehen?"

„Frau Thielmann? Nein!"

„Sie war nicht zufällig hier bei Ihnen, um nachzuschauen, ob Sie neue Pralinen brauchen?"

„Zur Zeit brauchen wir nicht viele, die Mitarbeiter trauen sich nicht so recht, welche zu essen."

„Und Sie sind auch nicht bei ihr im Büro vorbeigekommen?"

Gereizt fragte Frau Roth zurück: „Was soll denn das? Wollen Sie wissen, ob ich dabei war, als sie sich umgebracht hat?"

„Es könnte sein, dass Sie etwas bemerkt haben. Sie waren eine der wenigen, die um diese Zeit schon im Haus waren."

Die Antwort kam sehr energisch: „Ich habe nichts bemerkt! Und jetzt würde ich gerne meine Arbeit zu Ende bringen, wenn das möglich wäre!" Als ob sie demonstrieren wolle, wie ernst es ihr damit war, zog sie ihre Handschuhe wieder an.

„Wären Sie bereit, eine DNA-Probe abzugeben?"

„Ich weiß zwar nicht, wozu das gut sein soll, aber ich habe nichts zu verbergen."

Ute holte aus ihrem Rucksack ein Röhrchen, öffnete es, reichte Frau Roth den Watteträger und bat sie um eine Speichelprobe. Nachdem die Probe wieder im Röhrchen war, geschlossen und beschriftet, ließ sie es zurück in den Rucksack gleiten.

„Dann wollen wir Sie nicht länger aufhalten. Vielen Dank und auf Wiedersehen."

Frau Roth murmelte einen undeutlichen Gruß und machte sich wieder an ihre Arbeit, ohne weiter auf die beiden Kommissare zu achten.

Im Auto sagte Alex nachdenklich: „Wenn sie etwas damit zu tun hatte, dann hat sie bestimmt diese weißen Handschuhe getragen. Die sehen nicht nur weich aus, sondern auch, als ob sie Geräusche dämpfen könnten."

„Jetzt übertreib es nicht, aber ich hatte einfach den Eindruck, dass ich irgendetwas tun muss, das sie aus ihrer aufgesetzten Sicherheit herausholt."

Er startete das Auto. „Besonders erfolgreich war das aber nicht, oder meinst du, dass sie nach unserem Abschied innerlich zusammengebrochen ist?"

„Nein, ich befürchte, sie spült Schüsseln und trägt Styroporkisten nach unten."

Im Büro fragte Alex: „Spricht etwas gegen einen Kaffee?"

„Im Gegenteil, das ist eine hervorragende Idee!"

Er verschwand und kam zurück mit zwei dampfenden Bechern, außerdem stellte er ein Päckchen auf den Tisch: „Überraschung!"

Ute fand die Überraschung nicht ganz so gelungen: „Alex, es ist Oktober, da möchte ich noch keine Lebkuchen essen. Es ärgert mich, dass es die schon Anfang September gibt, ich will das nicht unterstützen!"

Er ließ sich nicht aus der Ruhe bringen. „Das sind gar keine Lebkuchen! Ich habe sie aus einem Regal genommen, das mit ‚Herbstgebäck' überschrieben war."

„Weißt du, was meine Großmutter immer gesagt hat? ‚Schwein bleibt Schwein, und wenn's die ganze Woche Biskuit frisst, bleibt's doch ein Schwein!' Das heißt übersetzt: du kannst deine Lebkuchen in Goldfolie oder in Schokoladenpapier einwickeln, es bleiben trotzdem Lebkuchen!"

„Verdirb mir nicht die Freude! Ich wollte dich mit Herbstgebäck überraschen, jetzt essen wir es auch!" Er schaute sie an wie ein kleiner Bub, so dass sie nicht anders konnte, als sich ein Stück „Herbstgebäck" zu nehmen und herzhaft hineinzubeißen.

Erleichtert nahm er sich auch einen Lebkuchen und sagte leise: „Frisch schmecken sie einfach am besten!"

****

Frau Walther rief die Kinder herein zum Abendessen, als Ute nach Hause kam. Leonie sprang ihr entgegen: „Ute, Ute stell dir vor, ich habe eine eins im Aufsatz bekommen!"

„Super! Was war denn das Thema?"

„Wir sollten etwas über unser Haustier schreiben."

„Dann hast du wahrscheinlich über eure Schildkröte berichtet."

„Ja, ich habe erzählt, wie Caesar letztes Jahr im Sommer ausgerückt ist und wir ihn gemeinsam gesucht haben. Ich habe alles genau berichtet, auch dass du dir Notizen in dein Buch gemacht hast."

Ute atmete tief durch: „Du meinst, du hast unsere Ermittlungen beschrieben?"

Leonie nickte eifrig. „Frau Seelos hat gesagt, dass das ein ganz spannender Aufsatz ist!"

„Und was haben die Kinder geschrieben, die kein Haustier haben?"

„Frau Seelos meinte, sie sollen ihre Phantasie anstrengen und etwas erfinden. Schriftsteller müssen auch alles Mögliche erfinden."

„Da hat sie recht. Da warst du klar im Vorteil, so eine Geschichte hat nicht jeder zu bieten."

„Ich muss jetzt rein, Mama hat vorhin schon gerufen, aber das musste ich dir doch erzählen, du hast ja schließlich mitgeholfen." Sie verschwand durch die Wohnungstür, Ute schaute in ihren Briefkasten und nahm die Zeitschrift, die sie vorfand, mit nach oben.

Eine knappe Stunde später läutete das Telefon. Das Display zeigte die Nummer ihrer Münchner Freundin Steffi. „Hey, von dir habe ich ja ewig nichts gehört."

Ein Lachen am anderen Ende. „Übertreib nicht, außerdem könntest du auch anrufen, und komm mir jetzt nicht mit irgendwelchen Mördern oder solchen Geschichten, da bleibt trotzdem immer noch Zeit für ein privates Schwätzchen."

Ute entschuldigte sich und erzählte kurz, dass sie tatsächlich gerade mitten in Ermittlungen in einem Mordfall stecke. „Aber jetzt erzähl du, was gibt es Neues?"

„Du glaubst es nicht: ich habe jemanden kennengelernt!"

„Wenn du das so sagst, muss es ein Mann sein. Lass dir nicht jeden Wurm aus der Nase ziehen."

„Die Kommissarin hat den richtigen Riecher: es ist ein Mann! Ich war zu einer Fortbildung in Ravensburg, das ist übrigens ein sehr nettes Städtchen: schöne alte Häuser, viele Türme…"

„Komm auf den Punkt: wie heißt er, wie sieht er aus, wie alt ist er, was macht er beruflich?"

„Hallo, das ist hier kein Verhör! Okay, er heißt Andreas, ist groß und blond und ist Fotograf. Irgendwie war er mir gleich sympathisch, der Funke ist sozusagen übergesprungen. Abends waren wir dann in einer Kneipe, da hat er sich neben mich gesetzt, und wir haben uns unterhalten, als ob wir uns schon seit Urzeiten kennen würden." Ihre Stimme bekam einen verzückten Klang. „Wir saßen da bis nach Mitternacht, und am nächsten Tag haben wir auch die Pausen und den Abend miteinander verbracht. Er will mich nächstes Wochenende besuchen, um München kennenzulernen."

„Geht das nicht ein bisschen schnell? Er wird sich ja wohl nicht nur für München interessieren, oder?"

„Wenn ich Bedenken hören möchte, kann ich mit meiner Mutter telefonieren. Freu dich doch einfach mit und dann sehen wir, wie sich alles entwickelt! Ich genieße es und bin richtig beschwingt." Das war nicht zu überhören. Sie schwärmte noch eine Weile, dann verabschiedeten sie sich. Ute holte sich aus der Küche ein Glas Rotwein, legte eine CD mit einem Flötenkonzert von Vivaldi ein und hing ihren Gedanken nach. Sie wünschte ihrer Freundin sehr, dass sie endlich den Richtigen fände, nachdem sie schon etliche Enttäuschungen erlebt hatte mit Männern, die dann doch nicht zu ihr passten oder bereits verheiratet waren.

****

Freitag

Die beiden Kommissare waren noch nicht lange im Büro, als das Telefon läutete. Es meldete sich der Leiter der Fertigungsabteilung von Exquisitmöbel.

„Ich weiß nicht, ob es von Bedeutung ist, aber einer meiner Auszubildenden hat heute früh erzählt, dass er Frau Thielmann am Mittwoch gesehen hat."

Ute fragte, ob sie den Apparat auf laut stellen dürfe, damit ihr Kollege mithören könne und bat dann darum, mit diesem Auszubildenden zu sprechen.

„Markus Einstein, guten Morgen."

Ute verkniff sich eine Bemerkung, da sie annahm, dass er alles, was man zu diesem Namen anmerken kann, bestimmt schon mindestens einmal gehört hatte. „Ute Becker, Sie haben also Frau Thielmann am Mittwoch noch gesehen. Wann und wo war das?"

„Es war kurz nach halb acht im Keller. Sie war auf dem Weg zum Archiv und war überrascht, dass ich schon so früh da war. Normalerweise komme ich erst um acht."

„Gab es einen besonderen Grund, warum Sie an diesem Tag früher zur Arbeit kamen?"

„Ich hatte an dem Tag Unterricht in der Berufsschule, musste aber noch etwas in der Firma holen, was ich vergessen hatte. Ich wohne in Spielberg und mit der Straßenbahn hätte ich das nicht geschafft. Da hat mich mein Vater mit dem Auto mitgenommen und abgesetzt."

„Aha, und da haben Sie Frau Thielmann getroffen. Was für einen Eindruck hatten Sie von ihr?"

Herr Einstein schien nachzudenken, schließlich antwortete er: „So gut kenne ich sie nicht, sie kommt selten hier runter. Aber ich würde mal sagen, sie war ganz normal."

„Fiel Ihnen nichts auf? Oder hat sie gesagt, was sie im Archiv wollte? Hatte sie etwas dabei, oder wollte sie etwas holen?“

Wieder eine längere Pause. „Ich glaube, sie wollte etwas holen.“ Er schien sich die Situation vor Augen zu malen. „Ja, ich bin ziemlich sicher, dass sie nichts dabei hatte.“

„Haben Sie sie noch einmal gesehen, als sie zurückkam?“

„Nein, ich war dann schon unterwegs zur Schule.“

„Sie haben also auch die Betriebsversammlung nicht miterlebt?“

„Nein!“

„Und warum haben Sie sich nicht gleich gestern gemeldet? Man hat Ihnen doch bestimmt vom Tod der Sekretärin erzählt?“ Ute bemühte sich, ihre Stimme nicht allzu vorwurfsvoll klingen zu lassen.

„Ich hatte gestern einen freien Tag und habe das alles erst heute erfahren, und da habe ich gleich gesagt, dass ich sie gesehen habe. Deshalb meinte ja der Meister, dass wir bei Ihnen anrufen sollen.“

„Das war gut, sagen Sie ihm das und vielen Dank! Falls Ihnen doch noch etwas einfallen sollte, egal wie belanglos es Ihnen erscheint, dann melden Sie sich bitte wieder. Ansonsten noch einen schönen Tag und auf Wiederhören!“

Nachdem sie aufgelegt hatte, schaute sie zu Alex. „Hast du eine Idee, was sie um die Uhrzeit im Archiv wollte?“

„Vielleicht hat sie sich doch selbst umgebracht und wollte vorher noch irgendeine Spur beseitigen. Es kann ja sein, dass es da eine Akte oder so etwas gab, was einen Hinweis auf irgendetwas enthielt.“

Ute musste schmunzeln. „Sehr exakte Aussage! Aber du kannst recht haben, vielleicht gibt es irgendetwas. Wenn es so wäre, wäre es natürlich interessant, zu wissen, ob sie es gefunden und beseitigt hat, oder ob es bei passender oder unpassender Gelegenheit auftaucht und ein neues Licht auf die ganze Sache wirft."

„Hm, viel schlauer sind wir jetzt auch nicht!" Er schüttelte seine Schneekugel und beobachtete die fallenden Flöckchen.

„Es kann natürlich auch sein, dass sie einfach nur etwas holen musste, was Herr Hochstätt an diesem Tag gebraucht hat. Er sagte ja, dass sie gleich morgens alles bereitlegt, was nötig ist. Das scheint mir die einleuchtendere Variante zu sein, wobei auch da die Frage im Raum bleibt, ob es etwas war, was verschwinden musste."

„Frag ihn doch einfach, ob er eine Leiche im Keller hat!"

Sein Einwurf war scherzhaft gemeint, aber seine Kollegin reagierte: „Du wirst es nicht für möglich halten, aber genau das tue ich, auch wenn ich in der Wortwahl etwas vorsichtiger sein werde." Sie wählte die Nummer von Frau Scholl und bat um eine Verbindung zu Herrn Hochstätt.

„Das tut mir leid, Frau Becker, aber Herr Hochstätt will bis elf Uhr auf gar keinen Fall gestört werden. Er ist in einer sehr wichtigen Besprechung."

Ute überlegte, ob ihre Anfrage so entscheidend war, dass sie mit der Antwort nicht warten konnte, entschied sich dagegen und sagte, dass sie sich dann später wieder melden werde.

Nach einem kurzen Klopfen schaute Frau Stiegelmaier herein und richtete aus, dass der Staatsanwalt die beiden Kommissare gerne sprechen würde und zwar am liebsten gleich, da er eine Terminlücke habe. Ute verdrehte die Augen: „Der fehlt mir jetzt gerade noch zu meinem Glück!"

Alex nahm die Schneekugel, stand auf, ging um den Schreibtisch herum und drückte sie ihr in die Hand. Sie war verblüfft, schüttelte die Kugel, stellte sie ab und lehnte sich in ihrem Stuhl zurück. Sie schaute den Flöckchen zu, die auf den Kölner Dom fielen. „Okay, es kann losgehen! Danke, das war eine großartige Idee. So ein kurzer, überschaubarer Schneefall im Oktober hat etwas.“ Sie erhob sich, nahm Rucksack und Jacke und ging voraus.

Die Sekretärin im Vorzimmer des Staatsanwalts zog die Lippen mit Lippenstift nach, als die Tür aufging und die beiden Kommissare eintraten. Sie fühlte sich ertappt, versuchte es aber zu überspielen, indem sie etwas übertrieben sagte: „Oh, Sie sind schon da? Das ging ja schneller als der Schall!“

Der Tonfall ärgerte Alex, deshalb fügte er an: „Sozusagen Ultraschall!“

Er fing einen schnippischen Blick über die Schulter auf, als sie an ihm vorbei zur Tür ihres Chefs ging und sie meldete.

Sie nahmen in dem geräumigen Büro Platz und Dr. Fischer eröffnete das Gespräch: „Sie wollten mir Bescheid geben über das Ergebnis der Obduktion.“

Ute schlug ihr Notizbuch auf: „Im Fax von Dr. Blauthaler stand: ‚GHB-Überdosierung + atemdepressiv wirkendes Medikament‘, sein Assistent ergänzte dann noch, dass es tatsächlich zu einer Atemdepression mit Herzrhythmusstörungen gekommen sei. Beide hielten das Ganze für untypisch für einen Suizid.“ Sie überlegte, ob Dr. Fischer mit der Abkürzung GHB etwas anfangen könne, aber da er nicht überrascht schien, zog sie es vor, keine Erklärung abzugeben.

„Da hatten Sie mit Ihrer vorsichtigen Einschätzung bezüglich eines Freitodes recht, obwohl er uns in der Ermittlung entlastet hätte. Haben Sie bereits weitere Erkenntnisse?“

Ute fasste die Gespräche, die sie geführt hatten, zusammen und sagte, dass sie auf das Ergebnis der Schriftvergleichung warten. Als sie die Begegnung mit Philipp erwähnte, unterbrach der Staatsanwalt: „Kann es da eine Verbindung geben?“

„Das haben wir uns auch gefragt, es sieht allerdings eher wie eine zufällige Übereinstimmung aus.“

Dr. Fischer wiegte den Kopf hin und her: „Ausschließen können wir es nicht?“

„Nun ja, ein hieb- und stichfestes Alibi hat er nicht für die Tatzeit, aber seine Reaktion bei der Unterredung sprach eher dafür, dass er nichts damit zu tun hat.“

„Ihre Menschenkenntnis in alle Ehren, aber Sie wissen, wie abgebrüht die heutige Jugend ist. Vielleicht sollten Sie ihn nicht ganz von der Liste der möglichen Verdächtigen streichen.“ Er überdachte das Gehörte noch einmal. „Dass es ausgerechnet an dem Tag passiert ist, an dem die Kantinendame Gemüse vom Markt holt, lässt einen auch aufhorchen, aber da sind Sie ja dran.“

Ute hatte ihr Notizbuch eingesteckt und versprach, sich wieder zu melden, sobald es neue Erkenntnisse gäbe.

Im Vorzimmer trafen sich die Blicke von Alex und der Sekretärin. Er tippte an seine Lippen und nickte ihr übertrieben anerkennend zu, bevor er durch die Tür ging. Ute, die das Ganze beobachtet hatte, sagte scherzend: „Du bist unmöglich!“

****

Um elf Uhr rief Ute erneut bei Frau Scholl an, die sie an Herrn Hochstätt weiterverband

„Herr Hochstätt, wir wissen inzwischen, dass Frau Thielmann am Tag ihres Todes morgens noch ins Archiv gegangen ist. Haben Sie eine Vorstellung, was sie da geholt haben könnte?“

Der ältere Herr räusperte sich, bevor er antwortete: „Ins Archiv? Wie kommen Sie darauf?“

„Einer Ihrer Auszubildenden, Herr Einstein, hat sie gesehen.“

„Lassen Sie mich nachdenken.“ Er pausierte. „Nein, ich habe keine Ahnung, was sie dort zu tun hatte.“

„Das heißt, sie hat nichts geholt, was für Sie von Bedeutung hätte sein können? Sie erwähnten, dass sie immer alles für den Tag vorbereitet hat.“

„Nicht dass ich wüsste. Auf meinem Schreibtisch lag auch nichts, was zu Ihrer Aussage passt.“

„Was bewahren Sie denn in Ihrem Archiv auf?“

„Nun, das Übliche: die ganzen Unterlagen für die Steuer, verschiedene Vorgänge, die eine lange Aufbewahrungsfrist haben, und dann haben wir auch einen Stahlschrank mit den Akten unserer Mitarbeiter, für den man aber einen separaten Schlüssel braucht.“

„Hat jeder Zugriff auf das Archiv?“

Empört antwortete Herr Hochstätt: „Wo denken Sie denn hin? Nein, das Archiv ist verschlossen, und der Schlüssel ist im Büro von Frau Thielmann hinterlegt. Sie hat ihn nur herausgegeben, wenn es einen triftigen Grund gab.“

Ute überlegte. „Wenn man etwas entnommen hat, wird das in irgendeiner Form notiert?“

Die Antwort kam nach kurzem Zögern: „Ja, es gibt eine Liste, in die man einträgt, wann man was entnommen und wann man es wieder zurückgebracht hat.“

Auch wenn es nur so etwas wie ein Silberstreif am Horizont war, sagte Ute: „Dann kommen wir vorbei. Ich würde mir diese Eintragungen gerne anschauen. Bei wem soll ich mich melden?“

„Mein Schwiegersohn wird Sie ins Archiv begleiten."

Sie bedankte sich, legte auf und ermunterte Alex zu einer erneuten Fahrt nach Ettlingen.

In der Firma wurden sie bereits von Herrn Karcher erwartet. „Mein Schwiegervater hat mir Bescheid gesagt, dass Sie kommen, und da das Archiv im Keller ist, dachte ich, ich gehe Ihnen entgegen."

Ute lächelte ihn freundlich an: „Das ist sehr aufmerksam, danke!"

Sie nahmen die Treppe. Je tiefer sie kamen, desto intensiver wurde der frische Holzgeruch. Nachdem sie durch einen langen, grauen Flur gegangen waren, standen sie vor der Tür, die Herr Karcher aufschloss. Hohe Regalreihen waren mit Aktenbündeln und Kartons gefüllt, daneben hingen Hängemappen in einem breiten Regal. Auf der rechten Seite des Raumes stand der Stahlschrank, von dem Herr Hochstätt gesprochen hatte und gleich daneben ein Tisch mit der Liste, in die man das Entnommene eintrug.

Gemeinsam schauten sie auf den letzten Eintrag, der mit Datum und Unterschrift von Frau Thielmann versehen war: „Akte Lena Roth".

Damit hatte Ute nun doch nicht gerechnet, obwohl sie sich hin und her überlegte hatte, was sie wohl erwarten werde. Sie wandte sich an Herrn Karcher: „Haben Sie dafür eine Erklärung?"

Er rang mit seiner Fassung, und sie fragte sich, ob seine Überraschung echt sei. Sein Blick klebte an der Eintragung. Schließlich schaute er die Kommissarin an und sagte schlicht: „Nein."

Der Raum lud nicht zum Verweilen ein. Ute schlug vor, zu Herrn Hochstätt zu gehen und sich dort zu unterhalten. Herr Karcher nickte abwesend und schloss die Tür hinter ihnen wieder zu. Sie fuhren schweigend im Aufzug nach oben. Ute war gespannt, wie der Seniorchef auf diesen Hinweis reagieren würde. In seinem Büro nahmen sie Platz und sie sagte ohne Umschweife, dass Frau Thielmann die Akte von Frau Roth entnommen habe. Einen Augenblick herrschte Stille. Dann sprach Herr Hochstätt seinen Schwiegersohn an: „Was hat das zu bedeuten?“

Dieser schaute erschrocken auf und sagte fast tonlos: „Ich, ich weiß es nicht.“

Ute blickte vom einen zum anderen: „Das heißt, keiner von Ihnen beiden weiß etwas von dieser Akte?“

Beide schienen ratlos. Herr Hochstätt ergriff als erster wieder das Wort: „Ich brauche diese Akte jedenfalls nicht.“ Er zögerte und fügte dann an: „Aber im Büro von Frau Thielmann lag sie auch nicht, als ich reinkam.“

Alex warf ein: „Eine solche Akte löst sich nicht in Luft auf! Entweder hat sie ihr jemand direkt abgenommen oder sie danach aus dem Büro entwendet. Oder aber Frau Thielmann hat sie an einem sicheren Ort verwahrt, weil sie eine Befürchtung hatte.“

Herr Karcher war irritiert: „Was denn für eine Befürchtung?“

„Das muss sich erst noch herausstellen.“

Ute richtete ihre Frage an Herrn Hochstätt: „Kann es sein, dass in der Akte etwas steht, was für Frau Roth ungünstig ist, oder könnte jemand einen Vorteil davon haben, in diese Akte Einblick zu nehmen? Sie sind doch hier vermutlich derjenige, der am ehesten mit den Akten der Mitarbeiter zu tun hat.“

Er dachte angestrengt nach. „Beim besten Willen fällt mir nichts zu dieser Akte ein. Ich erinnere mich, dass Frau Roth vor Jahren eine Abmahnung bekam, weil sie nicht immer den rechten Ton gefunden hat. In einem Haus wie dem unseren ist das vor allem den externen Gästen gegenüber untragbar. Sie hat sich dann sehr zurückgenommen, und es kamen auch keine Klagen mehr."

„Wären Sie mit einer Durchsuchung des Büros von Frau Thielmann einverstanden oder soll ich einen Durchsuchungsbeschluss anfordern?"

Mit zuvorkommendem Tonfall antwortete Herr Hochstätt: „Ich stimme auf jeden Fall zu, wir wollen doch diese Unsicherheit aus der Welt schaffen, nicht wahr?" Er schaute Ingo an, der vorsichtig nickte.

Ute warf einen Blick auf ihre Armbanduhr. „Gut, dann werde ich das veranlassen. Frau Roth müsste inzwischen auch im Haus sein. Ich denke, wir werden noch ein paar Sätze mit ihr wechseln."

Mit kräftiger Stimme erwiderte Herr Hochstätt: „Ja, tun Sie das!"

Im Flur gingen die beiden Kommissare ein paar Schritte, bis sie außer Hörweite waren, und Ute rief Frau Stiegelmaier an und bat sie, eine entsprechende Durchsuchung in Auftrag zu geben. Danach machte sie sich zur Treppe auf, Alex folgte ergeben: „Um diese Zeit bin ich eigentlich fast zu schlapp für die Treppe, aber dein Magen scheint ja kein Zeitgefühl zu haben."

Sie lächelte ihn an: „Sollen wir den Aufzug nehmen?"

„Nein, alles ist gut!"

Frau Roth war überrascht, die beiden erneut zu sehen. „Sie haben aber echt Durchhaltevermögen! Was gibt es denn jetzt schon wieder?" Ihre Worte klangen nicht gerade freundlich. „Dass ich kurz vor dem Essen überhaupt keine Zeit habe, scheint Sie nicht zu interessieren."

„Frau Roth, Ihre Personalakte ist verschwunden, und das könnte *Sie* vielleicht interessieren!"

Die Salatsoße, die Frau Roth gerade in die Salatbar stellen wollte, schwappte etwas über. „Was sagen Sie da?“ Sie wischte die zitternden Hände an ihrer Schürze ab.

„Ich denke, dass Sie mich verstanden haben. Fällt Ihnen dazu etwas ein?“

„Es tut mir furchtbar leid, aber ich muss zuerst das hier fertigmachen, bevor die Gäste kommen. Meinetwegen warten Sie in der Küche.“ Sie machte eine Kopfbewegung über ihre Schulter hinweg nach hinten zu den Stühlen.

Mit Blick auf Alex fragte Ute: „Was steht denn heute auf dem Speiseplan?“

„Seeteufel mit Salbei im Speckmantel.“

Als Ute das Gesicht ihres Kollegen sah, ging sie geradewegs auf die Stühle in der Küche zu. Ihr Kollege murmelte: „Ich bin doch nicht krank! Als Kind musste ich Salbeibonbons lutschen, wenn ich Halsweh hatte.“

Nachdem in der Kantine alles aufgebaut war, setzte sich Frau Roth zu ihnen und schaute sie zweifelnd an: „War das vorhin mit meiner Akte ernst gemeint oder ist das eine Falle?“

Alex erwiderte: „Wir arbeiten bei der Polizei, nicht im Fernsehen bei der Versteckten Kamera, natürlich war das ernst, sogar bitter ernst!“

Ute übernahm: „Haben Sie eine Idee, wer ein Interesse an Ihrer Akte haben könnte, und warum?“

Die Angesprochene schüttelte den Kopf. „Die Chefs haben ohnehin Zugriff, und sonst kann doch mit so einer Akte niemand etwas anfangen. Nein, keine Ahnung.“

„Es kann auch nicht sein, dass Sie selbst etwas manipulieren wollten?“

Frau Roth rutschte auf ihrem Stuhl ganz nach vorne, ihre Augen funkelten: „Jetzt reicht’s mir langsam mit Ihren Unterstellungen! Nein, ich wollte nichts manipulieren. Ich wüsste gar nicht wozu, denn ich habe hier einen sehr guten Arbeitsplatz, der meines Wissens nicht gefährdet ist, es sei denn, Sie werfen weiterhin ein solches Licht auf meine Person."

Ute hob beschwichtigend die Hand. „Beruhigen Sie sich wieder! Wenn Sie nichts mit der Sache zu tun haben, haben Sie auch nichts zu befürchten. Aber dass wir allen Spuren nachgehen müssen, werden Sie verstehen!" Sie nickte ihrem Kollegen zu, nahm den Rucksack auf und verabschiedete sich.

Im Aufzug standen sich die beiden zunächst schweigend gegenüber, bis Alex sagte: „Komisch ist das schon mit der Akte, oder?" „Ja, ich frage mich auch die ganze Zeit, wer etwas damit anfangen könnte. Was denkst du über Herrn Karcher? Der schien mir ziemlich aufgewühlt, als er den Namen auf der Liste gelesen hat, und hinterher war er auch nervös."

„Aber was soll er mit der Akte? Oder meinst du, Frau Thielmann wollte ihm eins reinwürgen, weil sie etwas wusste, und er hat sie deshalb aus dem Weg geräumt?"

Der Aufzug war unten angekommen. Im Hinausgehen winkten sie kurz Frau Scholl zu und stiegen draußen ins Auto ein. Alex fuhr nicht gleich los, sondern verschränkte seine Arme auf dem Lenkrad.

Ute überlegte: „Das ist eine Möglichkeit. Dann müssten wir sein Büro auch durchsuchen, andererseits hatte er inzwischen Zeit genug, die Akte irgendwo verschwinden zu lassen. Wir behalten diese Version im Hinterkopf. Vielleicht ergibt sich etwas Neues durch die Schriftvergleichung? Ich bin gespannt, wann sich Herr Schiller meldet."

Als Alex den Motor startete, schaute er Ute von der Seite an. „Hätten wir ein paar Minuten, um an einer Bäckerei vorbeizufahren? Den Speckmantel hätte ich mir ja gefallen lassen, aber Seeteufel und dann auch noch mit Salbei!“

„Entschuldigung, ich vergesse immer wieder, dass es auch noch andere Bedürfnisse gibt. Ja, wir können gerne unterwegs etwas mitnehmen.“

Von weitem sah man die fünf Fahnenmasten mit den blauen Fahnen, auf denen in weißer Schrift ‚Ettlingen‘ stand. Bei diesem Kreisel zweigte Alex ab in Richtung Stadtmitte und hielt auf einem Parkplatz, der gerade frei wurde. Ute sagte: „Ich bleibe hier, bring mir bitte einfach eine Brezel mit.“

Es dauerte nicht lange, bis ihr Kollege mit zwei gelb-roten Tüten zurückkam, die er ihr reichte. Mit vollem Mund sagte er: „Die kleinere ist für dich.“

„Was du nicht sagst! Da wäre ich nicht draufgekommen.“

Im Büro nahm jeder einen Teller, Alex holte sich einen Kaffee, Ute ein Wasser und sie machten eine kurze, verspätete Mittagspause und ließen alles noch einmal vor ihrem geistigen Auge vorüberziehen.

Während sie noch grübelten, klingelte das Telefon: eine Stuttgarter Nummer. Ute meldete sich und war gespannt.

„Rüdiger Schiller, guten Tag.“ Seine Stimme klang müde. „Ich rufe wegen der Schriftvergleichung an im Fall Thielmann.“

„Das ist toll, dass Sie sich so kurzfristig melden. Ich stelle den Apparat auf laut für meinen Kollegen Weingärtner. Hat sich etwas ergeben?“

„Ich bin bis in den späten Abend daran gesessen und gleich in der Frühe wieder. Ich habe alle möglichen physikalisch-technischen Untersuchungen durchgeführt von der bloßen Betrachtung, über Stereomikroskop, Reflexionsuntersuchung bis zur elektrostatischen Untersuchung. Das Ergebnis ist eindeutig: die Unterschriften stimmen nicht überein!“ Bei der Beschreibung seiner Tätigkeit war wieder etwas Leben in seine Stimme geraten.

„Ich muss allerdings ergänzen, dass die Fälschung hervorragend ist. Da hat entweder jemand sehr lange geübt, oder er hatte eine gute Vorlage, aber auch da braucht es viel Übung.“

„Es gibt nicht den geringsten Zweifel?“

War in der Antwort eine leichte Kränkung zu hören? „Nein, nicht den allergeringsten!“

„Gerd hatte erzählt, dass Sie sich auch mit Graphologie befasst haben. Können Sie eine Aussage zur Persönlichkeit des Fälschers machen?“

Vorsichtig fragte er nach: „Sie wissen aber schon, dass die Graphologie umstritten ist?“

„Ja, das hat er gesagt, aber er erwähnte, dass Sie auch in diesem Fach sehr gut seien. Wenn Sie etwas sagen können, dann tun Sie es doch einfach, wir brauchen es ja nicht ins Protokoll aufnehmen, aber vielleicht hilft es uns weiter. Wir sind dankbar für jeden Strohhalm, der eventuell Licht ins Dunkel bringt.“

„Nun gut. Gerd kennt mich gut genug, dass er sich denken kann, dass ich mir auch Gedanken über die Person gemacht habe. Einen ganz großen Haken hat die Sache allerdings: da es nicht die eigene Unterschrift der Person ist, ist auch nicht der für sie typische Duktus vorhanden. Was ich sage, müssen Sie also mit besonderer Vorsicht behandeln!“

Ute war sich inzwischen sicher, dass hier jemand am anderen Ende des Telefons war, der keine leichtfertige Aussage machte, sondern seine Aufgabe akribisch anging. „Machen Sie es nicht so spannend! Selbstverständlich werden wir umsichtig mit dem umgehen, was wir hören.“

„Die Unterschrift wurde mit kräftiger Hand geschrieben, und das ist erstaunlich bei einer Unterschrift, die nicht die eigene ist. Es muss sich um eine willensstarke Persönlichkeit handeln, die ihren Weg geradlinig geht.“ Er schien nachzudenken und fügte dann an: „Weiter möchte ich mich nicht hinauslehnen, zumal das Ganze ohnehin etwas gewagt ist und ja eine gewisse Konsequenz haben könnte.“

„Spricht es eher für einen Mann oder eine Frau, oder kann man das nicht sagen?“

Seine Stimme klang, als ob er lächelte: „Das ist heutzutage nicht mehr so einfach! Es hat sich viel geändert gegenüber früher, die klassische Rollenverteilung trifft nicht mehr zu. Es gibt Männer, die nur noch eine PC-Tastatur bedienen und dazu keine Kraft brauchen, und es gibt Frauen, die auf dem Bau arbeiten, wenn ich es überspitzen soll. Letztere haben kräftige Hände. Von daher werden Sie verstehen, dass ich auf Ihre Frage keine verbindliche Antwort geben kann.“

„Und wenn Sie sich zu einer unverbindlichen durchringen könnten?“

„Es tut mir leid, aber das wäre wirklich reine Mutmaßung und ich bewege mich sowieso auf dünnem Eis mit meiner Aussage.“

Ute spürte, dass es keinen Sinn hatte, weiter in ihn zu drängen und bedankte sich für seine Hilfe. Er bat sie noch, Gerd einen Gruß zu übermitteln, dann legten sie auf.

Alex nahm sein dick belegtes Brötchen vom Teller. „Kräftige Hände hat die Roth bestimmt, wenn ich bedenke, wie sie ihre Styroporkisten herumschleppt!“

„Oder die Schlinge zieht sich doch langsam um Herrn Karchers Hals zu.“

„Vielleicht müssen wir aber doch wieder das Bürschchen ins Auge fassen, seinen Sohn, diesen Philipp. Der war mir dermaßen unsympathisch."

„Das verstehe ich, aber Sympathie ist der allerschlechteste Berater, das brauche ich dir nicht zu sagen. Und willensstark ist der nun ganz bestimmt nicht. Das trifft am ehesten auf Herrn Hochstätt zu, aber der steht außer Frage."

Es dauerte einen Augenblick, bis ihr Kollege vorsichtig fragte: „Warum eigentlich?"

„Alex, das wäre ja wie in einer griechischen Tragödie! Da kann es vorkommen, dass der Vater seine eigene Tochter umbringt, aber wir haben es hier mit einem Familienunternehmen zu tun. Ich frage mal bei Gerd nach, ob man schon etwas zur DNA von Frau Roth sagen kann."

Sie wählte die entsprechende Nummer, richtete den Gruß von Rüdiger Schiller aus und stellte ihre Frage.

„Das Ergebnis haben wir, aber wir konnten diese DNA sonst nirgends finden, weder auf der Tasse, noch auf dem Briefbogen oder auf Frau Thielmanns Schreibtisch. Wenn sie etwas damit zu tun hatte, hat sie Handschuhe getragen."

Vom gegenüberliegenden Schreibtisch kam der Kommentar: „Habe ich doch gleich gesagt; weiße Baumwollhandschuhe, weich und geräuscharm!"

Ute bedankte sich und legte auf. Sie schaute zum Fenster hinaus. Der Himmel war noch blau, aber es zeigten sich erste kleine Wölkchen, für das Wochenende war ein Wetterumschwung angesagt. „Jetzt lass uns nochmal in aller Ruhe über Herrn Karcher nachdenken." Sie blätterte in ihrem aufgeschlagenen Notizbuch. „Für den Tod an Nicole hatte er ein Motiv: Eifersucht, verbunden mit der Sorge, ob er in der Firma bleiben könne, wenn Nicole sich von ihm getrennt hätte. Du hast das Testament mit der heiklen Formulierung vor Augen?"

Alex brummelte eine Zustimmung und ergänzte lebhaft: „Für die Tatzeit bei der Sekretärin hat er kein schlüssiges Alibi, weil die Haushälterin, auf die er verwiesen hat, an dem Tag frei hatte und seine Schwiegermutter war joggen.“

„Philipp lag angeblich noch im Bett, aber von ihm würde ich ohnehin keine verlässliche Aussage erwarten. Er hat gleich bei unserer ersten Begegnung seinen Vater verdächtigt.“ Sie seufzte und dachte nach: „Ob er damit womöglich recht behält? Da ist noch die Tochter. Meinst du, es hat Sinn, sie zu befragen?“

„Das dünne Ding? Da handeln wir uns sicher Ärger mit der bunten Großmutter ein.“

„Bis jetzt haben wir sie verschont, aber immerhin handelt es sich um die Aufklärung eines Mordes, und vielleicht ist sie die Einzige, die ihrem Vater ein Alibi geben kann.“ Ute gab sich einen Ruck. „Es hilft alles nichts, wir fahren da jetzt hin und sehen, was dabei herauskommt.“

Alex zuckte mit den Schultern und stand auf. „Wir sind fast so etwas wie ein mobiles Einsatzkommando! Aber ich will mich nicht beklagen, solange wir stadtauswärts fahren. Ich bin froh, dass wir momentan nicht in Karlsruhe direkt ermitteln müssen. Diese ganzen Baugruben und Umgehungen sind eine Herausforderung der besonderen Art, und das alles nur, damit wir eines Tages auf der Kaiserstraße in aller Ruhe Kaffee trinken können!“

****

„Dafür, dass euer Haus auch im Märchenviertel steht, ist es vergleichsweise schlicht, es gibt hier wirklich edle Behausungen.“

Ute schmunzelte: „Dass unser Haus schlicht ist, hat einen simplen Grund: wir haben eine andere Gehaltsklasse.“

Sie stiegen aus und läuteten an der Haustür. Frau Hauser öffnete, schaute sie überrascht an und bat sie herein. Ohne auf eine Erklärung zu warten, sagte sie: „Ich gebe Frau Mac Philly Bescheid.“ Sie ging ihnen voraus ins Wohnzimmer.

Leonore hatte sich von der weißen Couch erhoben und legte das Buch, in dem sie gelesen hatte, auf dem niederen Tisch ab. „Dass ich Sie so schnell wiedersehe, hatte ich nicht erwartet.“ Sie bat die Kommissare Platz zu nehmen.

„Das geht uns genauso, aber es haben sich neue Aspekte ergeben. Wir würden sehr gerne eine Frage an Saskia stellen, vielleicht kann sie uns einen entscheidenden Schritt weiterhelfen.“

„Saskia?“ In der Stimme mischten sich Überraschung und Abwehr. „Wie sollte sie Ihnen helfen können?“

„Es handelt sich nur um eine einzige Frage. Ich höre Ihre Sorge schon heraus, aber ich kann Ihnen versichern, dass wir sie nicht belästigen werden.“

„Sie machen sich kein Bild, in welcher Verfassung das Kind ist!“

„Frau Mac Philly, unter Umständen kann sie eine wichtige Frage klären.“ Ute bemühte sich, sowohl verständnisvoll, als auch dringlich zu sprechen, was ihr offensichtlich gelang, denn Eleonore verließ den Raum, um ihre Enkelin zu holen.

Die Kommissarin schaute sich in dem geschmackvoll eingerichteten Zimmer um: helle Töne dominierten, eine Wand war aus Naturstein mit einem eingelassenen offenen Kamin, daneben ein großer Korb mit Holzscheiten. Einen Farbtupfer bildeten zwei dunkelgrüne, bauchige Bodenvasen mit langen, exotisch blühenden Zweigen.

Frau Mac Philly erschien wieder, ihre Enkelin führte sie an ihrer Hand. Unter dem anderen Arm trug diese ihren schlanken, schwarzen Kater. Sie setzten sich auf die Couch.

Ute lächelte ihr ermutigend zu. „Saskia, wir haben eine wichtige Frage an dich. Erinnerst du dich an den Mittwochmorgen, also vorgestern?"

Das Mädchen konzentrierte sich auf den Kater, der es sich auf ihrem Schoß gemütlich gemacht hatte. Sie streichelte ihn und nur eine winzige Bewegung ihres Kopfes zeigte an, dass sie die Frage gehört und mit einem „Ja" beantwortet hatte.

„Hast du bemerkt, wann dein Vater aus dem Haus gegangen ist?"

Das monotone Streicheln wurde unterbrochen, ein ängstlicher Blick begegnete Ute. Diese gab ihr Zeit und schaute sie freundlich an.

„Wie immer." Die Antwort kam so leise, dass sie fast nicht zu hören war.

„Und wann ist das, ich meine, um welche Uhrzeit?"

„Um halb neun." Wieder musste sich Ute konzentrieren, um die Worte zu verstehen.

„Bist du ganz sicher?"

Saskia drückte den Kater eng an sich und nickte vorsichtig.

„Hast du ihn gesehen? Habt ihr zusammen gefrühstückt, oder wie ist das hier morgens?"

Eleonore unterbrach energisch: „Es war von *einer* Frage die Rede! Sehen Sie denn nicht, wie das meiner Enkelin zu schaffen macht?"

Ute erwiderte entschuldigend: „Wir müssen uns ein Bild machen können von der Situation. Also, Saskia, kannst du es uns so schildern, dass wir es uns vorstellen können."

Das Mädchen schaute sie mit großen Augen an und antwortete leise: „Ich war in meinem Zimmer. Ich habe nur gehört, wie die Tür ging, es kann auch Philipp gewesen sein."

Die Kommissare wechselten einen Blick – auf diese Aussage konnten sie nicht aufbauen.

„Okay, dann war es das. Du hast uns geholfen, vielen Dank! Ein schöner Kater ist das, wie heißt er denn?"

„Mister Black!"

Sie verabschiedeten sich, Frau Mac Philly brachte sie zur Tür. „Das war wohl nicht das, was Sie hören wollten. Um was ging es Ihnen denn? Haben Sie jetzt auch noch meinen Schwiegersohn im Verdacht?"

Alex kam seiner Kollegin zu Hilfe: „Jede Spur wird sorgfältig verfolgt, und das hier war eine mögliche. Mehr gibt es dazu nicht zu sagen. Auf Wiedersehen."

Im Auto sagte Ute: „Besonders einfühlsam warst du da aber nicht gerade mit deinem Schlusswort."

„Ach komm, einfühlsam! Sie streut uns ja auch keine Rosen hin. Aber Spaß beiseite: dieser Ausflug hat uns dem Ziel nicht wirklich näher gebracht."

„Du sagst es, aber einen Versuch war es wert. Jetzt steht wohl doch die direkte Konfrontation mit Herrn Karcher an."

Er nickte zustimmend und fuhr los. Kurz vor Ettlingen fragte er: „Willst du uns nicht ankündigen?"

„Nein, wir überraschen ihn!"

Auch Frau Scholl war überrascht, die beiden Kommissare schon wieder zu sehen, ging aber mit professionellem Lächeln darüber hinweg. In den letzten Tagen war hier ohnehin nichts mehr von der sonst üblichen Routine zu spüren.

Auf das Klopfen an Herrn Karchers Tür gab es keine Reaktion. Ute versuchte es erneut und drückte dann die Klinke herunter. Die Tür war verschlossen. „Wir versuchen es bei Frau Zieger."

Dort erfuhren sie, dass der Chef auf die Kantinenterrasse wollte, um eine Zigarette zu rauchen. Sie bedankten sich und machten sich auf den Weg dorthin.

Alex grinste: „Wetten, dass sie ihn vorwarnt?“

„Natürlich tut sie das, aber das hilft ihm nicht weiter.“

Sie sahen ihn am Rande der Terrasse stehen, den Blick in die Ferne gerichtet. Seine linke Hand ruhte auf dem Geländer und hielt einen schwarzen Aschenbecher fest. Als er ihre Schritte hörte, drehte er sich langsam um. Entweder war er noch nicht lange hier, oder er hatte sich gerade eine neue Zigarette angezündet.

Ute deutete auf einen der kleinen Tische und schlug vor, sich zu setzen. Herr Karcher stellte den Aschenbecher vor sich ab, nahm einen tiefen Zug, klopfte die Asche ab und schaute sie erwartungsvoll an. „Haben Sie Neuigkeiten?“

„Ganz im Gegenteil: wir kehren zu einer alten Aussage zurück. Ich hatte Sie nach einem Alibi für den Mittwochmorgen gefragt und Sie haben auf Ihre Haushälterin verwiesen. Inzwischen wissen wir, dass Frau Hauser am Mittwoch einen freien Tag hatte…!“ Sie schaute ihn erwartungsvoll an.

Er inhalierte hastig, was zu einem kurzen Hustenanfall führte. Nachdem er sich wieder gefasst hatte, antwortete er: „Entschuldigung, daran habe ich gar nicht gedacht. Wissen Sie, es war alles wie gewohnt: der Frühstückstisch war gedeckt, der Kaffee bereits gekocht… Vermutlich war das Eleonore, bevor sie zum Joggen ging. Tja, dann habe ich wohl niemanden, der für mich sprechen kann, höchstens Saskia, aber die will ich nicht mit hineinziehen.“

„Das ehrt Sie, aber wir haben bereits mit ihr gesprochen.“

Er sprang von seinem Stuhl auf. „Sie haben was?“ In seiner Stimme schwang die ganze aufgestaute Emotion mit.

„Herr Karcher, wir dachten, es sei in Ihrem Interesse. Es sieht nicht gut aus für Sie!“ Sie ließ die Worte wirken, bevor sie fortfuhr: „Sie haben ein starkes Motiv für den Mord an Ihrer Frau. Es geht da nicht nur um die Eifersucht, sondern auch um Ihren Stand in der Firma. Der angebliche Suizidversuch von Frau Thielmann kann ein Ablenkungsmanöver sein, oder es gab da etwas zu vertuschen. Vielleicht musste sie mundtot gemacht werden, weil sie etwas wusste, was nicht an die Öffentlichkeit dringen durfte?“

Seine Augen waren weit aufgerissen, mit der linken Hand tastete er nach dem Aschenbecher, die rechte zitterte leicht. „Das ist ungeheuerlich, was Sie da sagen!“ Seine Entrüstung wirkte echt.

„Wenn Sie es nicht waren, wer käme sonst in Frage?“

Er nahm einen tiefen Zug, drückte die Zigarette energisch im Aschenbecher aus und schaute dann auf. „Eine Antwort auf diese Frage erwarte ich von Ihnen! Ich würde jetzt gerne wieder in mein Büro gehen – ich habe noch einiges zu erledigen, bevor das Wochenende beginnt.“

Ute hatte keine Einwände und fragte, ob sie mit ihrem Kollegen noch etwas hier verweilen könne.

Mit einem Blick auf die Uhr antwortete er: „Ja, die Kantine wird erst um vier Uhr abgeschlossen, Sie haben also noch eine halbe Stunde.“ Damit verließ er die Terrasse.

Wie in einem Film ließ Ute die Geschehnisse der vergangenen Tage vor ihrem geistigen Auge vorüberziehen. Alex störte sie nicht, sondern versuchte seinerseits etwas zu finden, was sie unter Umständen übersehen oder falsch zugeordnet haben könnten. Er schrak auf, als Ute plötzlich sagte: „Die gute Vorlage!“

Irritiert schüttelte er den Kopf: „Das muss ich nicht verstehen, oder?“

„Alex, erinnerst du dich, dass Herr Schiller von der guten Vorlage sprach, die derjenige gehabt haben muss, der die Unterschrift gefälscht hat?!“

Er überlegte kurz und nickte.

„Und wenn die gute Vorlage genau das Papier war, was wir weitergegeben haben?“

„Du meinst, die Kündigung?“ Ihm dämmerte, was in ihrem Kopf vorging.

Beide standen hastig auf, verließen die Kantine und eilten die Treppe hinab zu Herrn Hochstätts Büro. Nachdem sie vergebens geklopft hatten, gingen sie zu seinem Schwiegersohn, der sofort öffnete. Er sah ihnen an, dass etwas passiert sein musste.

Ute fragte mit Nachdruck: „Wo ist Ihr Schwiegervater?“

Verständnislos antwortete er: „Er ist heute früher gegangen. Nach all den Aufregungen der letzten Tage steht ihm etwas Ruhe zu. Er verausgabt sich ohnehin viel zu sehr für die Firma …“

Alex unterbrach ihn: „Wo wohnt er?“

„Warum wollen Sie das wissen? Was ist überhaupt passiert in den paar Minuten?“

„Beantworten Sie doch einfach meine Frage: wo wohnt er?“

Herr Karcher nannte die Adresse. Alex wechselte einen Blick mit seiner Kollegin, diese nickte, bedankte und verabschiedete sich im Gehen. Sie hörten, wie er ihnen nachrief: „Sie wollen damit aber nicht behaupten…“

Im Aufzug sagte Alex: „Doch griechische Tragödie?“ Um die Anspannung etwas zu lösen, fügte er an: „Das wäre vielleicht mal etwas für die Ettlinger Schlossfestspiele: Homer statt Shakespeare.“ Ute war es nicht nach Scherz zumute. Schweigend verließen sie die Firma, stiegen ins Auto und fuhren los.

Nach ein paar Metern läutete ihr Handy. Es meldete sich Frau Huber vom Ordnungs- und Bürgeramt. Ihr Arbeitsplatz war die Bußgeldstelle, und sie hatten schon hin und wieder einen Kontakt, wenn sich im Rahmen eines Falles eine entsprechende Frage ergeben hatte. Sie war befreundet mit einem Kollegen der Spurensicherung, der sie mitunter ins Vertrauen zog, wenn er meinte, dass sie behilflich sein könne.

„Oliver hat mir von Ihrem Fall mit der Möbelfirma erzählt. Ich habe gerade alle Radarmessungen der vergangenen Tage durchgeschaut, die zwischen Rüppurr und Ettlingen aufgebaut waren. Wir hatten ein mobiles Gerät im Einsatz."

Ute zog ihr Notizbuch und einen Stift aus dem Rucksack.

„Ich habe einen Wagen entdeckt, der am Mittwoch um 7.13 Uhr die zulässige Höchstgeschwindigkeit von dreißig Kilometern pro Stunde in einer Nebenstraße in Ettlingen überschritten hat. Der Fahrzeughalter heißt Lothar Hochstätt. Die festgestellte Geschwindigkeit betrug nach Toleranzabzug siebenunddreißig Kilometer pro Stunde."

„In welcher Straße war das?"

Sie gab die entsprechende Auskunft, und Ute war überrascht, da diese Straße nicht an der direkten Strecke zwischen seiner Wohnung und der Firma lag. Es sei denn… Sie bedankte sich bei Frau Huber und wünschte ihr ein schönes Wochenende. Zu ihrem Kollegen sagte sie: „Herr Hochstätt ist am Mittwoch um 7.13 Uhr in einer Ettlinger Nebenstraße in eine Radarfalle geraten. Das könnte bedeuten, dass er sein Auto irgendwo abgestellt hat und zu Fuß zur Firma gegangen ist. Den Rest müssen wir noch herausfinden."

„Das klingt alles ziemlich griechisch. Mir wird in diesem Zusammenhang bewusst, warum die Griechen solche Pechvögel sind: das hat einfach eine jahrhundertelange Tradition! Das sagen die im Radio auch immer bei ‚Nix verstehn in Athen.‘ Falls du das nicht kennst: das ist eine kleine Comedyserie auf SWR3.“

Sie waren im Märchenviertel bei der Adresse angekommen, die Herr Karcher ihnen genannt hatte. Ute stieg aus, ging zielstrebig zur Haustür und läutete. Nichts. Sie versuchte es erneut. Wieder nichts. Sie ließ ihren Finger lange auf dem Klingelknopf, aber auch daraufhin geschah nichts. Zu Alex, der inzwischen neben ihr stand, sagte sie: „Er scheint nicht zu Hause zu sein, oder er öffnet nicht.“

Im Nachbargarten hörte sie jemanden Laub zusammenrechen. Auf das zweite „Hallo!“ reagierte er und kam an den Zaun. Seinem Aussehen nach musste es der Gärtner sein.

„Haben Sie zufällig Herrn Hochstätt nach Hause kommen sehen?“

„Ich habe gesehen, wie er vorhin mit dem Auto weggefahren ist.“

„Wann genau war das?“

Er zuckte mit den Schultern. „So genau kann ich das nicht sagen, aber es ist schon eine Weile her.“

„Eine kurze Weile oder eine längere Weile?“ In Gedanken ergänzte sie ‚oder eine Langeweile‘?

Der Mann wollte sich nicht festlegen. „Eine Weile halt.“

Alex schaute ihn direkt an und sagte: „Sie haben uns super geholfen! Vielen Dank!“

Der Gärtner zuckte wieder mit den Schultern und wandte sich dem Laub zu.

Ute hatte inzwischen nach der Telefonnummer von Herrn Karcher gesucht und wählte. Er meldete sich direkt und sie fragte: „Ihr Schwiegervater ist nicht zu Hause. Gibt es einen Platz, an den er gerne geht, wenn er ein Problem hat?“

„Für meinen Schwiegervater gibt es keine Probleme! Er kennt nur Herausforderungen."

„Herr Karcher, es ist dringend! Denken Sie nach: wohin könnte er gefahren sein?"

Nach einer kurzen Denkpause erwiderte er: „Ich glaube, da fragen Sie besser Eleonore. Die weiß solche Dinge."

Auf ihre Nachfrage gab er die Handynummer durch, die Ute umgehend wählte. Als sie schließlich Frau Mac Philly am Apparat hatte, erklärte sie in kurzen Sätzen die Situation und bat um deren Hilfe.

Eleonore musste nicht lange nachdenken. „Früher hat er sich gerne auf den Turmberg zurückgezogen, wenn er über etwas Schwerwiegendes nachdenken wollte, oder wenn er eine Not hatte, über die er nicht sprechen wollte. Ob das heute noch so ist, weiß ich natürlich nicht, aber denkbar ist es schon, denn er ist jemand, der gewisse Abläufe und Routinen außerordentlich schätzt. Das war ja einer der Gründe…"

Ute befürchtete, dass die Trennungsgeschichte folgen würde und unterbrach abrupt mit der Frage: „Können Sie sich vorstellen, dass er sich etwas antut?"

„Dass Lothar sich etwas antut?" Sie schien ihre Antwort sorgfältig abzuwägen. „Ich weiß nicht, was ich sagen soll. Auf der einen Seite ist er jemand, der immer die Fäden in der Hand hält, auf der anderen Seite halte ich es nicht für völlig ausgeschlossen, wenn es um die Firma geht."

Die beiden Kommissare saßen bereits wieder im Auto. „Können Sie den Platz auf dem Turmberg etwas konkretisieren?"

„Er stand immer gerne auf der Aussichtsterrasse direkt neben der Turmbergbahn. Er liebte den Blick in die Unendlichkeit, wie er es nannte."

Alex hatte den Wagen gestartet und fuhr in Richtung Autobahn.

****

Ingo war mit dem Wagen gerade zu Hause angekommen, als sein Handy klingelte. Es war Eleonore. Bevor sie ihr Anliegen loswerden konnte, unterbrach er sie mit den Worten: „Ich stehe direkt vor dem Haus.“ Er stieg aus und sprang die paar Stufen hinauf zur Haustür, die sich sofort öffnete. Vor ihm stand seine Ex-Schwiegermutter, die völlig aufgelöst zu sein schien.

„Saskia ist verschwunden! Sie muss das Telefonat mit angehört haben, das ich vorhin mit der Kommissarin geführt habe und ihre ganz eigenen Schlüsse gezogen haben. Viel kann sie nicht gehört haben, es war ein kurzes Gespräch. Aber komm doch erst mal herein.“

Ingo war wie vor den Kopf gestoßen. „Saskia?“ Seine Stimme überschlug sich fast.

„Vorhin haben wir noch beschlossen, eine Runde „Mensch-ärgere-dich-nicht“ miteinander zu spielen. Sie ging in ihr Zimmer, um es zu holen, als das Telefon läutete. Und als ich dann nach ihr rief, kam keine Antwort und ich habe nachgeschaut. Sie ist weg. Auch ihr Anorak hängt nicht mehr in der Garderobe.“

In Ingos Kopf gingen die Gedanken wild durcheinander. „Ich verstehe das alles überhaupt nicht.“ Er setzte sich auf eine Treppenstufe im Flur und vergrub seinen Kopf in den Händen.

„Wir müssen irgendwie die Ruhe bewahren. Wo könnte sie hingegangen sein? Hat sie eine Freundin in der Nähe?“

Ohne lange zu überlegen, antwortete Ingo: „Woher soll ich denn das wissen?“ Er schaute mit einem flehenden

Blick auf. „Eleonore, was können wir denn nur tun? Die Polizei verständigen?“

„Das hat keinen Zweck, dazu ist es viel zu früh. Die werden beruhigend sagen, dass wir warten sollen und sie bestimmt wieder auftaucht. Nein, wir müssen schon selbst aktiv werden, oder eben tatsächlich warten.“ Sie seufzte tief. „Ich mache mir auch Sorgen um Lothar.“

„Haben denn die Kommissare jetzt Lothar im Verdacht? Diese Frau Becker sprach davon, dass es dringend sei.“

„So wie ich sie verstanden habe, läuft alles auf ihn hinaus. Meine Gefühle spielen völlig verrückt: mein ehemaliger Mann soll der Mörder unserer Tochter sein? Und jetzt ist die Frage, ob er sich auch noch selbst umbringt. Ich weiß gar nicht, was ich denken soll.“

Ingo versuchte, die Bedenken beiseite zu wischen: „Ich verstehe dich gut, aber für mich geht es jetzt nicht in erster Linie um Lothar - er ist schließlich ein erwachsener Mann, aber Saskia… Was sie sich zusammengereimt haben mag? Das ist alles zu viel für sie.“

Eleonore schien ihre Fassung wieder zu gewinnen. „Beruhige dich, es gibt ja auch viele Leute hier in Rüppurr, die sie kennen. Vielleicht meldet sich da einer.“ Mit ihren Worten sprach sie sich selbst Mut zu.

Keiner von beiden hatte bemerkt, dass Philipps Tür aufgegangen war. Er kam langsam die Treppe herunter, beide Hände in den Taschen seiner weiten Jogginghose. „Um was geht es gerade?“

Gereizt antwortete sein Vater: „Saskia ist verschwunden.“

„Warum?“

„Eleonore meint, dass sie ein Telefongespräch mitbekommen hat, in dem es darum ging, dass dein Großvater etwas mit den Morden zu tun haben könnte.“

Ein abfälliges Grinsen erschien auf Philipps Gesicht. „Erzählt mir noch einmal was über Familie, Vorbilder und Werte! Habe ich nicht gleich gesagt, dass er im Zweifelsfall über Leichen geht?“

Ingo herrschte ihn an: „Erspar dir deine Sprüche, ich ertrage das nicht mehr! Erstens ist noch gar nichts bewiesen, sie haben nur einen Verdacht, und zweitens: hast du eine Vorstellung, wie es in uns gerade aussieht? Saskia ist verschwunden.“ Er schaute seinen Sohn eindringlich an und sagte deutlich: „wir machen uns große Sorgen!“

„Bleibt cool, die bringe ich zurück!“ Er hatte die Worte mit einer gewissen Lässigkeit ausgesprochen.

Eleonore horchte auf. „Wie, hast du eine Ahnung, wo sie sein könnte?“

„Ich kenne doch mein Schwesterchen! Als wir noch klein waren, hatten wir ein Versteck am Rand vom Oberwald, nicht weit weg von hier. Ich wette, dass sie dort sitzt und nicht weiter weiß.“ Ohne auf die beiden zu achten, ging er zur Haustür, betätigte den Schalter, um die Garage automatisch zu öffnen und verschwand.

Ingo trat ins Freie und sah ihn gerade noch mit dem Fahrrad um die Ecke biegen. „Hoffentlich hat er recht!“ Er zog die Tür hinter sich zu und folgte Eleonore ins Wohnzimmer.

Sie stand unentschlossen im Raum. „Wenn ihr nur nichts passiert ist! Wer weiß, was sie sich aus dem, was sie gehört hat, zusammengesponnen hat! Aber wir können wohl im Augenblick nicht mehr tun, als abzuwarten. Bleibt noch Lothar. Seit dem Anruf kreisen immer wieder diese Gedanken in meinem Kopf, ob ich ihm den Mord zutraue oder nicht.“

„Was hast du dieser Frau Becker gesagt?“

„Ich habe sie zum Turmberg geschickt. Dorthin ist er früher immer gegangen, wenn er über etwas Schwerwiegendes nachdenken wollte.“ Ihre Blicke trafen sich. „Mir geht die Frage nicht aus dem Kopf, ob er sich etwas antun könnte. Ich bin selbst erstaunt, wie nah mir das alles geht, aber schließlich haben wir sehr viele Jahre mit einander verbracht.“ Sie nestelte unruhig mit ihren Händen herum. „Meinst du, wir sollten hinfahren? Wenn ich mir vorstelle, dass er vielleicht in ein paar Stunden nicht mehr lebt... Es könnte doch sein, dass er mir noch etwas zu sagen hat.“ In ihrer Stimme lag Verzweiflung.

„Und dann kommt gleich Saskia heim und niemand ist hier, der auf sie wartet?“

Sie ließ sich schwer auf einen Sessel fallen. „Du hast ja recht. Das macht mich ganz verrückt.“ Vorsichtig fragte sie: „Und wenn ich fahre, und du bleibst hier und wartest auf die Kinder?“

„Eleonore, in deinem Zustand kannst du nicht fahren! Du bist eine Gefahr für dich und die anderen. Außerdem ist Saskia momentan viel mehr auf dich fixiert, als auf mich. Du bist so etwas wie ein Ruhepol in dieser schwierigen Situation für sie geworden. Nein, du solltest unbedingt bleiben.“ Im Stillen fragte er sich, ob sie erwarte, dass *er* nun zum Turmberg fahre. Er gestand sich ein, dass er weder das Bedürfnis habe, noch die Kraft, sich dieser Situation zu stellen.

****

Die beiden Kommissare kamen nur mühsam voran, da das anstehende Wochenende für ein hohes Verkehrsaufkommen sorgte. Erschwerend kam die Baustelle dazu, in deren Bereich die Geschwindigkeit auf achtzig Kilometer pro Stunde reduziert war.

Alex fragte: „Kann man sich von der Aussichtsterrasse auf dem Turmberg herunterstürzen?"

„Das habe ich mir auch schon überlegt, aber ich war so lange nicht mehr dort, dass ich es nicht sagen kann. Aber davon abgesehen, finde ich, dass das nicht zu Herrn Hochstätt passen würde."

„Du meinst, es würde komisch aussehen, wenn er über das Geländer steigt und das will er sich und anderen ersparen?"

„Nein, das Vorgehen wäre zu brutal. Er ist der Mensch der leisen Abgänge. Ich könnte mir eher vorstellen, dass er einen schönen Platz im Wald sucht, ein großes Taschentuch ausbreitet, sich draufsetzt und den Blick und einige der berühmten Thielmann-Pralinen genießt, die er zuvor noch mit reichlich Schlafmittel verfeinert hat."

„Das klingt ja geradezu idyllisch!"

„Es erinnert dann doch wieder eher an Shakespeare, vielleicht an den ‚Sommernachtstraum'?"

Sie hatten die Autobahn verlassen und die Richtung Turmberg eingeschlagen. Alex fuhr die kurvige Strecke so schnell er konnte.

****

Die Zeit schien sich unendlich hinzuziehen, bis sie endlich hörten, dass sich die Haustür öffnete. Eleonore sprang von ihrem Sessel auf und stürzte in den Flur, wo sie eine völlig verstörte Saskia in den Arm schloss. Nachdem sie das Mädchen eine Weile gehalten hatte, half sie ihm aus dem Anorak und schob es ins Wohnzimmer. Beide setzten sich eng nebeneinander auf das Sofa. Ingo ging mit schweren Schritten hinter ihnen her und ließ sich in einen Sessel sinken.

Philipp rief ihnen nach: „Schön, dass ihr euch so überschwänglich bei mir bedankt!“ und stieg dann die Treppe hinauf. Oben öffnete er Saskias Zimmer, um den Kater herauszulassen, der sofort nach unten sauste.

Tränen der Erleichterung liefen der Großmutter über die Wange. Sie schnäuzte sich die Nase und sah ihre Enkelin an. „Was hast du dir denn dabei gedacht, als du fortgelaufen bist? Weißt du, was wir uns für Sorgen gemacht haben?“

Lautlos war Mister Black auf Saskias Schoß gesprungen. Sie drückte ihn fest an sich. Hilflos schaute sie ihre Oma von der Seite an: „Stimmt es, dass sich Opa das Leben nehmen will?“

„Aber Kind, wie kommst du denn da drauf?“ Sie legte ihren Arm um Saskia.

„Das hast du vorhin am Telefon gesagt.“

„Die Kommissarin wollte nur wissen, ob das denkbar wäre, das heißt noch lange nicht, dass er so etwas tun würde.“

„Und wo ist er jetzt?“ Die Art, wie sie ihren Kater streichelte, zeigte ihre innere Unruhe an.

Eleonore wechselte einen Blick mit Ingo, der ratlos schwieg. „Wir wissen es nicht, aber wenn ihm etwas passiert wäre, hätten sich die Kommissare bestimmt schon bei uns gemeldet.“ Wieder musste sie sich mit ihren eigenen Worten Mut zusprechen.

Es dauerte ein bisschen, bis Saskia es wagte, die Frage auszusprechen: „Ist er schuld am Unfall von Mama?“

Diese Frage hatte Eleonore mehr als andere befürchtet und wusste nicht, was sie antworten solle. Sie strich ihr sanft über den Kopf. „Das versucht die Polizei herauszufinden.“

Schweigend saßen sie beisammen, nur hin und wieder

schnurrte der Kater. Ingo kramte in seiner Jacke nach einem Päckchen Zigaretten und ging hinaus in den Garten.

****

Als die beiden Kommissare auf dem Turmberg ankamen, sahen sie Herrn Hochstätt am Rande der Aussichtsterrasse stehen. Ungeachtet der Parkplatzsituation stellte Alex das Auto am Gehsteig ab, sie verließen den Wagen und gingen auf die Plattform.

Der Firmenchef stand reglos da und schaute in die Ferne: direkt unter sich Bäume, deren Blätter teilweise verfärbt waren, dahinter Durlach und Karlsruhe. Viel mehr war bei den aufziehenden Regenwolken nicht zu sehen.

Selbst als die beiden Kommissare neben ihm standen, rührte er sich nicht, wandte seinen Blick nicht ab und sagte mit ruhiger Stimme: „Ich wusste, dass Sie irgendwann kommen würden.“ Es hatte den Anschein, als sei er der Regisseur dieses Stückes, in dem er zugleich die Hauptrolle spielte.

„Herr Hochstätt, ich muss Sie bitten, mit uns zu kommen.“

Er blieb noch einige Minuten stehen, als wolle er sich diesen Blick einprägen und folgte dann widerspruchslos zum Auto.

„Wollen Sie Ihren Anwalt informieren?“

„Das ist nicht nötig, ich übernehme die volle Verantwortung.“

Schweigend fuhren sie zurück zum Dezernat, die ersten Regentropfen fielen auf die Windschutzscheibe.

Während Ute Frau Stiegelmaier informierte, machten sich die beiden anderen bereits auf den Weg ins Verhörzimmer, wo Alex das Aufnahmegerät vorbereitete.

Ute hatte das Verhörzimmer noch nie gemocht, aber nach den Tagen in der Möbelfirma mit der ausgesucht geschmackvollen Einrichtung kam ihr dieser Raum besonders karg und kalt vor. Selbst die grauen Wände wirkten hier anders als in der Firma.

Die beiden Männer saßen sich an dem Tisch in der Mitte des Raumes gegenüber, sie nahm neben ihrem Kollegen Platz. Alex stellte das Aufnahmegerät an.

Nachdem Ute die Formalien aufgesprochen hatte, wandte sie sich an ihr Gegenüber: „Herr Hochstätt, geben Sie zu, am Tod Ihrer Tochter beteiligt gewesen zu sein?"

Er saß aufrecht auf seinem Stuhl und strahlte selbst in dieser Situation noch eine gewisse Autorität aus. „Habe ich das nicht bereits getan, als ich Ihnen folgte?"

„Wollen Sie von vorne beginnen? Wie konnte es so weit kommen?"

Er legte die Hände vor sich auf den Tisch und dachte nach. „Wo soll ich anfangen? Wie weit muss ich zurück, um Ihnen klar zu machen, was in mir vorging?" Sein Blick war auf die Tischplatte gerichtet – billiges Holz. Er lockerte seine Krawatte etwas. „Es ist eine lange Geschichte."

„Wir haben Zeit!"

Alex dachte an Gabi, die heute Abend kommen wollte, um das Wochenende mit ihm zu verbringen. Da sie einen Schlüssel zu seiner Wohnung hatte, würde sie es sich gemütlich machen, während er hier in diesem stickigen Raum herumsitzen musste. Er schrak aus seinen Gedanken auf, als Herr Hochstätt weitersprach.

„Sie erinnern sich, dass Sie mich nach Nicole gefragt hatten und ich von ihrer Kindheit erzählt habe?"

„Ja, ich habe unser Gespräch im Ohr."

„Es hat alles so gut begonnen, sie war meine ganze Hoffnung im Blick auf die Firma, und als sie dann Ingo geheiratet hat…“, seine Gesichtszüge entspannten sich beim Gedanken an die glücklichen Tage. Es fiel ihm schwer, sich davon loszureißen und den Faden wieder aufzunehmen. „Vielleicht hätte ich sie nicht in der Firma aufnehmen sollen, meine Frau hatte mir ja immer wieder davon abgeraten.“ Er dachte zurück. „Und als sie dann schwanger wurde und schließlich ihr erstes Kind auf die Welt brachte, einen Sohn, da schien alles perfekt. Als ich zum ersten Mal dieses kleine Bündel mit den vielen Haaren in den Armen hielt, war ich ein richtig stolzer Großvater und wusste, dass unsere Firma im Familienbesitz bleiben werde.“ Er schaute auf seine Hände und lächelte ein wenig.

Ute spürte, dass sich dieses Verhör hinziehen würde und wechselte einen Blick mit ihrem Kollegen. Er zuckte ergeben und fast unmerklich die Schultern.

„Der Kleine war ein aufgewecktes Kind, aber mit der Erziehung tat sich Nicole schwer, er wuchs ihr über den Kopf, ohne dass sie es merkte. Als dann auch noch Saskia dazukam, hat die ihre ganze Aufmerksamkeit gefordert. Meine damalige Frau hat geholfen, wo sie konnte, aber sie hat auch stets Wert auf ein eigenes Leben gelegt.“ Sein Blick blieb an der grauen Wand hängen. Er seufzte. „Sie hat diesen Iren kennengelernt und ist ihm schließlich gefolgt. Das war für mich eine bittere Erfahrung. Ich war zu sehr in die Firma verstrickt, um die ersten Anzeichen wahrzunehmen.“

Vorsichtig warf Ute ein: „Herr Hochstätt, können wir wieder zu Nicole zurückkommen?“

Zwischen seinen Augen hatte sich eine Falte gebildet. „Ich dachte, Sie wollen verstehen, wie sich die Geschichte entwickelt hat. Sie werden mir zugestehen, dass ich kein eiskalter Mörder bin.“ In der Stimme schwang eine Mischung aus Enttäuschung und Entrüstung.

Sie lenkte ein: „Entschuldigung. Natürlich wollen wir

verstehen, was passiert ist und warum, also berichten Sie bitte weiter."

Das Hauptproblem begann, als Nicole wieder in der Firma mitarbeiten wollte. Ich hätte damals auf Frau Thielmann hören sollen, die mir eingehend davon abgeraten hat, aber ich konnte meiner Tochter einfach keinen Wunsch abschlagen. Heute gestehe ich mir eine gewisse Mitschuld ein, ich gebe auch zu, dass ich sie als Kind verzogen habe und irgendwann war es dann zu spät. Ich hatte keinen Einfluss mehr auf sie." Er griff sich mit der rechten Hand an die Herzgegend.

„Geht es Ihnen nicht gut?"

Er schüttelte den Kopf und holte aus seiner Jackentasche die kleine Spraydose und nahm zwei Hub des Medikamentes. „Es geht gleich wieder."

Ute schenkte ihm ein Glas Wasser ein und schob es ihm über den Tisch zu.

Dankbar nahm er einen Schluck und fuhr dann fort. „Die Folgen des Sommerfestes in diesem Jahr waren für mich ein Desaster. Zunächst hatte ich gehofft, dass es nur ein kleiner Ausrutscher an diesem Abend war, aber als sich diese Beziehung zu verfestigen schien, sah ich alle Felle davon schwimmen." Er schüttelte erneut den Kopf, als könne er immer noch nicht glauben, was geschehen war. „Ich habe versucht, mit ihr zu sprechen, aber sie hat mir nur auf die Wange getätschelt und ‚Ach Väterchen' gesagt. So kam schließlich eines zum anderen: mir wurde bewusst, dass ich mit meinem Testament unter Umständen auch noch Ingo aus der Firma verlieren würde." Er fuhr sich mit der Hand durch sein Haar. „Als ich erfuhr, dass sie mit einem Discounter Kontakt aufgenommen hatte, fing mein Plan an zu reifen. Es ist Ihnen ja nicht entgangen, dass die Firma der Dreh- und Angelpunkt meines Lebens war. An ihr ist schon meine eigene Ehe gescheitert, aber dass Nicole nun auch noch die Firma selbst und damit mein Lebenswerk ruinieren würde, das konnte ich nicht zulassen."

„Wir hatten Sie schon einmal auf den Möbeldiscounter angesprochen, da haben Sie allerdings weit von sich gewiesen, etwas davon zu wissen."

„Sie können nicht erwarten, dass ich einen Plan ersinne und ihn dann vor Ihnen ausbreite, bloß weil Sie mich darauf ansprechen! Ich habe meinen Kampf gekämpft, aber ich weiß auch, wann es Zeit ist, zu seinen Taten zu stehen."

„Wie haben Sie von den Plänen mit dem Discounter erfahren?"

Ein müdes Lächeln umspielte seine Lippen. „Ich mag ein alter Mann sein, aber ich kann mit den neuen Medien Schritt halten, und Kontakte über das Netz sind nun mal nicht sicher. So bin ich, mehr oder weniger zufällig, auf diesen Schriftwechsel gestoßen. Es hat mich im Mark erschüttert, dass meine eigene Tochter in Erwägung zog, Möbel aus unserem Haus im Billigsegment anzubieten und damit unseren guten Namen zu beflecken! Ich habe sie damit konfrontiert, und wissen Sie, was sie gesagt hat? ‚Eines Tages gehört die Firma doch ohnehin mir, warum sollte ich nicht jetzt schon ein Stück davon abzweigen?' Da war mir klar, dass ihr nichts an unserer Tradition lag. Und auf meine Enkel konnte ich auch nicht bauen, die haben Sie kennengelernt." Er hob die Hand. „Den Rest können Sie sich denken."

„Sie haben also bewusst die Pralinen in Nicoles Büro hingelegt. Haben Sie sich keine Gedanken darüber gemacht, dass sie jemand anderes zu sich nimmt?"

„Und wer hätte das sein sollen? Frau Zieger hat um die Pralinen immer einen großen Bogen gemacht, und jemand anderes hätte aus diesem Büro nichts angerührt. Nein, da hatte ich keine Bedenken. Was ich allerdings nicht bedacht hatte, ist, dass Nicole das Haus verlassen könnte." Er zögerte etwas, bevor er weitersprach: „Ich wollte ihr ein friedliches Ende bereiten. Das war das Letzte, was ich ihr an Gutem hatte tun wollen: etwas Süßes zum Schluss und dann mit bunten Träumen entschlafen." Er schaute die Kommissarin direkt an. „Und dann kamen Sie mit der Botschaft, dass Nicole einen Unfall hatte! Das hat mich wirklich getroffen."

Ute zog die Augenbrauen hoch. „Ich kann Ihnen nicht ganz folgen: Nicole hätte in ihrem Büro neben Frau Zieger entschlafen sollen? Das erscheint mir doch recht unwahrscheinlich!"

„Wir haben einen Ruheraum für unsere Mitarbeiter, in den sie sich zurückziehen können. Nicole hat ihn hin und wieder genutzt, wenn sie sich zwischendurch eine kleine Auszeit gönnen wollte. Ich ging davon aus, dass sie sich dorthin zurückzieht, sobald die Wirkung der Pralinen einsetzt. Dort hätte sie keiner gestört."

Ute nickte verstehend und gönnte ihm eine kurze Pause, bevor sie fragte: „Und was war mit Frau Thielmann?"

„Nachdem ich bemerkte, wie hartnäckig Sie ermitteln und nicht aufhören, den Dingen auf den Grund zu gehen, dachte ich, ich könne dem Ganzen ein Ende bereiten, wenn es eine schlüssige Erklärung gibt. Ich wollte, dass wieder Ruhe einkehrt in der Firma. Meine Sekretärin schien sich geradezu aufzudrängen: sie stand kurz vor ihrem Ruhestand. Was hätte sie denn mit ihrer Zeit anfangen sollen, wo sie doch genauso mit der Firma verbunden war wie ich? Ich dachte, dass sie mit diesem Opfer bestimmt einverstanden gewesen wäre." Er schloss für einen Moment die Augen. „Dass sie in mir mehr als nur ihren Chef sah, darauf wäre ich nie gekommen! Ich habe wohl kein Gefühl für Frauen."

„Sie sind an jenem Morgen früh in die Firma gekommen und haben Frau Thielmann ins Archiv geschickt. Ist das richtig?“

Herr Hochstätt nickte und nahm einen Schluck Wasser.

„Hatte die Akte Roth eine besondere Bedeutung?“

Er zog ein Taschentuch aus seiner Tasche und tupfte sich damit die Stirn. „Es war so etwas wie ein letzter Versuch, den Verdacht in eine andere Richtung zu lenken, falls Sie auf den Selbstmord nicht hereinfallen sollten.“

„Das ist Ihnen zunächst gelungen.“

„Letztlich zählt nur das Ergebnis! Das ist wie mit einem Möbelstück: es kann wunderbar gearbeitet sein, aber wenn zum Schluss eine Macke drin ist, aus welchem Grund auch immer, dann hat es seinen Glanz verloren.“

„Haben Sie gar kein Mitgefühl Ihrer Sekretärin gegenüber?“

Er schaute Ute intensiv an und kniff die Augen ein wenig zu. „Wer seine Tochter auf dem Gewissen hat, schreckt vor der Sekretärin nicht zurück.“

„Hat sie sich denn nicht gewundert, dass Sie so früh schon da sind und ausgerechnet diese Akte wollen?“

„Frau Thielmann hat meine Wünsche nicht infrage gestellt, Sie war mir gegenüber loyal bis zum letzten Atemzug.“

„Haben Sie mit Ihrem Eingreifen letztlich der Firma nicht mehr geschadet als genutzt? So ein Verbrechen ist doch ein gefundenes Fressen für die Presse. Das wird in jeder Richtung ausgeschlachtet und darunter wird der Ruf gewaltig leiden.“

Herr Hochstätt lehnte sich in seinem Stuhl ein wenig zurück. „Das eben wird die Aufgabe meines Anwaltes sein, den Ruf der Firma zu retten. Ich erwarte von ihm, dass er meine Situation so darstellt, dass deutlich wird, in welch verfahrener Situation ich war und verzweifelt darum gekämpft habe, das Beste für die Firma zu geben. Um das zu erreichen, war ich bereit, alle eigenen Interessen zurücktreten zu lassen.“ Er tupfte sich noch einmal mit dem Taschentuch die Stirn. Seine nächsten Worte strahlten Zuversicht aus: „Ingo wird die Firma in meinem Sinne weiterführen! Wenn erst ein wenig Zeit verstrichen ist und sich die Gemüter wieder beruhigt haben, wird alles in bewährter Weise seinen Gang gehen. Die Welt vergisst schnell, man braucht nur einen langen Atem. Am Ende zählt die Qualität des Produktes!“ Er steckte sein Taschentuch ein, als wolle er damit unterstreichen, dass er soeben sein Schlusswort gesprochen habe.

„Wollen Sie noch etwas ergänzen?“

„Es ist alles gesagt. Danke, dass Sie mir den Raum dazu gegeben haben.“

Alex schaltete das Aufnahmegerät aus und verließ das Verhörzimmer, um Bescheid zu geben, dass Herr Hochstätt abgeführt werden könne.

„Sie werden viel Zeit haben.“

„Darüber bin ich mir im Klaren. Glauben Sie nicht, dass ich all das nicht bedacht hätte! Ich wäre ohnehin in den Ruhestand gegangen und vermutlich hätte mich Ingo fast täglich in der Firma ertragen müssen. Er hätte nicht im gleichen Maß die Möglichkeit gehabt, sich zu entfalten, wie das jetzt der Fall ist.“ Er pausierte kurz. „Ich werde ihm mit meinem Rat zur Verfügung stehen, wenn er das will und werde meine Erfahrungen mit edlen Hölzern und ihrer Verarbeitung zu Papier bringen.“

Die Tür öffnete sich und Alex kam in Begleitung eines jungen Beamten, der Herrn Hochstätt bat, ihm zu folgen. Dieser verabschiedete sich in aller Form von den Kommissaren und schritt mit erhobenem Haupt hinaus.

Ute stützte sich mit beiden Ellenbogen auf dem Tisch ab. „Puh, ich bin platt und zwar in jeder Beziehung! Am Ende steht er noch wie ein Held da, der sich für seine Firma aufgeopfert hat!“

Alex klopfte ihr leicht auf die Schulter. „Lass uns gehen. Du hast deine Sache super gemacht, jetzt sind andere dran.“ Er schaute auf die Uhr. „Auf mich wartet Gabi und bei dir daheim liegt vielleicht noch ein alter Kohlrabi im Kühlschrank.“

Sie musste lachen. „Du hast so eine charmante Art, einen wieder auf die Beine zu bringen. Ein alter Kohlrabi…!“ Sie stand auf und streckte sich, bevor sie den Raum verließ.

Frau Stiegelmaier war schon gegangen und hatte ein Kärtchen auf Utes Schreibtisch gelegt: „Schönes Wochenende und erholen Sie sich gut!“

Ute rief den Staatsanwalt an, gab ihm eine Kurzversion des Gespräches durch und versprach einen ausführlichen Bericht für den Montag. Danach nahm sie ihren Rucksack, verließ mit Alex das Büro, schloss ab und wünschte auch ihm ein schönes Wochenende mit Gabi zusammen. „Ich werde mich mit dem Kohlrabi vergnügen!“

****

Der Regen hatte etwas zugenommen. Herr Eberhard hielt Ute mit einer Hand die Haustür auf, in der anderen hatte er den grünen Eimer für Biomüll, den er gerade in die entsprechende Tonne geleert hatte.

Besorgt sagte er: „Sie kommen spät und sehen sehr müde aus. Es war wohl ein anstrengender Tag?“

Sie schüttelte ihren Schirm aus und folgte ihm in den Flur. „Darf ich Ihnen nach den Nachrichten die Auflösung des Falles bieten?“

„Nach den Nachrichten geht es leider nicht, ich gehe heute Abend mit meiner Frau ins Theater, aber wenn wir uns vielleicht jetzt gleich zusammensetzen? Männer brauchen glücklicherweise nicht so lange, um sich für einen solchen Anlass zu kleiden, also hätte ich noch ein wenig Zeit."

„Von mir aus gerne."

„Und danach nehmen Sie den Rest unserer Lasagne mit, die meine Frau heute Mittag zubereitet hat. Sie können bestimmt eine Stärkung gebrauchen und dass meine Frau eine hervorragende Köchen ist, wissen Sie ja. Mit ihrer Lasagne kann sie gegen jeden Sternekoch antreten."

Dankbar lächelte Ute ihn an, der erst jetzt bewusst wurde, wie hungrig sie war. Außer der Brezel mittags hatte sie nichts mehr gegessen. Sie gingen miteinander nach oben, wo Herr Eberhard seiner Frau zurief, dass er sich kurz mit Frau Becker ins Arbeitszimmer zurückziehe. In heiterem Ton fügte er an: „Du brauchst keine Sorge haben, ich werde rechtzeitig im Anzug bereit stehen." Er nahm Ute die Jacke und den Schirm ab und verstaute alles in der Garderobe. In seinem Zimmer setzten sie sich, und er schaute sie erwartungsvoll an.

„Ich kann Sie mit einer griechischen Tragödie in den Theaterabend einstimmen!"

„Das hört sich nicht gerade verheißungsvoll an. Da tauchen aus der Schulzeit sofort düstere Geschichten auf, aber ich will Sie nicht unterbrechen, schließlich ist unsere Zeit leider begrenzt."

„Also ich lasse die Bombe direkt platzen: es war der eigene Vater!"

„Das kann ich ja kaum fassen!"

Ute schilderte ihm den Gesprächsverlauf und sagte dann: „Ihn hatte ich völlig ausgeblendet, weil er ein geradezu klassisches Bild dafür spiegelte, wie ein geordnetes Familienleben auszusehen hat. Ich muss zugeben, dass ich mir nicht vorstellen konnte, dass er in so krasser Weise gegen seine eigenen Prinzipien verstößt, die ihm doch heilig zu sein schienen." Sie dachte nach. „Wenn ich mir das überlege, erklärt sich die Lage aus dieser Sicht: seine Vorstellung von Familienleben brach auf allen Ebenen auseinander: die Ehefrau hat ihn verlassen, die Tochter passte irgendwann nicht mehr in seine Erwartungen im Blick auf die Firma, die Enkel sind nicht wunschgemäß geraten, er lief Gefahr, den Schwiegersohn zu verlieren, der noch der einzige Hoffnungsträger war... Und das Schlimme für ihn, der sonst immer alles unter Kontrolle hatte, war, dass er hilflos zuschauen musste und keine Möglichkeit sah, einzugreifen und das Ruder herumzureißen."

„Sie wollen damit sagen, dass der Mord für ihn der Weg war, das Ganze zumindest an diesem Punkt abzubrechen, wenn er es schon nicht ändern konnte?"

Ute nickte und fügte an: „Erschüttert hat mich auch, dass er seinem Schwiegersohn im Blick auf die Firma seine Unterstützung anbieten will. Das muss man sich mal auf der Zunge zergehen lassen: zuerst bringt er dessen Frau um, danach steht er ihm mit Rat und Tat zur Verfügung. Und wahrscheinlich empfindet er es ganz anders als ich, denn aus seiner Sicht war die Ehe ja ohnehin nicht mehr intakt." Beim Gedanken daran schüttelte sie den Kopf, weil ihr das alles so ungeheuerlich erschien. Sie stellte fest, dass sie trotz der vielen Berufsjahre noch nicht abgestumpft war, sondern immer wieder erschrak, wozu auch unauffällig scheinende Menschen fähig waren.

Aus dem Hintergrund hörten sie die Stimme von Frau Eberhard: „Arno, du behältst die Zeit im Blick?"

„Ja, Schatz, keine Sorge!" An Ute gewandt: „Vielleicht noch schnell ein paar Worte zur Sekretärin."

„In Herrn Hochstätts Augen war sie bestimmt damit einverstanden, sich für die Firma zu opfern und da sie mit der Firma in gleicher Weise verbunden war wie er, hat er ihr außerdem noch einen langweiligen, inhaltsleeren Ruhestand erspart! Entschuldigung, ich werde sarkastisch." Sie erschrak fast über sich selbst.

„Ich würde mich gerne weiter mit Ihnen unterhalten, wenn uns der Theaterabend nicht im Weg stünde."

„Was für ein Stück sehen Sie denn nachher?"

„Dürrenmatts Physiker, da geht es etwas heiterer zu als in Ihrer Tragödie. Damit Sie auch eine Freude haben, hole ich jetzt noch die Lasagne aus dem Kühlschrank." Er stand auf und lief voraus in die Küche, während Ute sich ihre Jacke und den Schirm aus der Garderobe nahm.

Frau Eberhard kam in einem dunkelgrauen Kostüm mit violetter Bluse aus dem Schlafzimmer. Die Vorfreude auf den Abend stand ihr im Gesicht geschrieben. „Frau Becker, ich wollte nicht unhöflich sein, aber Sie wissen ja, was für ein aufmerksamer Zuhörer mein Mann ist. Er kann schon mal das Gefühl für Raum und Zeit verlieren, und umziehen sollte er sich auch noch."

„Kein Problem, das Wichtigste bin ich losgeworden, und jetzt will er mich noch mit Ihrer köstlichen Lasagne verwöhnen."

Als hätte er das Stichwort abgewartet, erschien Herr Eberhard mit der Auflaufform und überreichte sie an Ute. Sie bedankte sich herzlich und wünschte den beiden einen wunderschönen Abend.

In ihrer Wohnung legte sie ihre Sachen ab, stellte die Form in den Ofen und wählte die Telefonnummer ihrer Freundin in München.

„Das ist mal eine Überraschung, wir haben doch gerade gestern erst telefoniert! Gibt es etwas Neues?"

„Der Fall ist gelöst, und ich bin völlig am Ende. Ich wollte mal sachte anfragen, ob du am Wochenende einer alten Freundin Asyl gewähren möchtest. Ich habe das Gefühl, dass ich dringend Abstand gebrauchen könnte.“

„Lass mich überlegen…“

„Vielleicht kann ich dann auch deinen Andreas kennenlernen?“

„Nein, der kommt erst nächstes Wochenende und ich weiß auch nicht, ob mir das recht wäre, wenn er gleich einem Verhör unterzogen wird. Hallo, natürlich kannst du kommen – ich freue mich! Wir werden uns ein wunderbar gemütliches Regenwochenende machen. Mir wird schon etwas einfallen, das dich auf andere Gedanken bringt.“

„Daran zweifle ich keine Minute. Super, vielen Dank! Ich suche mir eine Zugverbindung heraus und maile sie dir dann zu.“ Sie plauderten noch ein wenig und verabschiedeten sich dann.

In der Küche roch es verführerisch. Ute nahm die Auflaufform aus dem Ofen, gab die Lasagne auf einen Teller und schenkte sich ein Glas Rotwein ein. Sie machte es sich am Esstisch gemütlich und genoss das Abendessen. Anschließend zappte sie im Fernsehprogramm herum, konnte sich aber mit keinem der Angebote anfreunden. Stattdessen beschloss sie, ein entspannendes Vollbad zu nehmen. Sie ließ Wasser in die Wanne ein, entschied sich für ein Meeres-Badesalz mit dem Duft blühender Wildrosen und zündete drei Teelichter an, die sie auf den Wannenrand stellte. Aus dem CD-Regal nahm sie den „Nussknacker“ von Tschaikowski, legte die CD ein, ging wieder ins Bad und zog sich aus. Sie stieg in das warme Wasser, schloss die Augen und lauschte der Musik.

****

Jutta Ebersberg

Friedhofsruhe

Ein badischer Krimi

203 Seiten., 12.90 €
ISBN: 978-3-8482-1561-4
Books on Demand: Norderstedt, 2012

Die gut organisierte Kommissarin Ute Becker ermittelt zusammen mit ihrem jüngeren, etwas beleibten Kollegen Alex Weingärtner im Fall „Emmi Weisser“, die auf dem Rüppurrer Friedhof erwürgt aufgefunden wurde. Es gibt zunächst kein erkennbares Motiv: Frau Weisser war eine ältere, allseits beliebte, freundliche und immer hilfsbereite Frau, die keine Feinde zu haben schien.

Auch für nicht eingefleischte Krimifreunde
ein Lesevergnügen.